思いの深さの花火弁当

はるの味だより

佐々木禎子

時代小説文庫

角川春樹事務所

目次

第一章　心知らずのふんわり灯心田楽

文政《ぶんせい》七（一八二四）年。弥生《やよい》。

向島《むこうじま》の春は豪華《ごうか》絢爛《けんらん》。オオシマザクラ、エドザクラ、サトザクラといくつもの種類の桜を植えた隅田堤《すみだづつみ》は、あちらの桜が散っても、次はこちらの桜が咲く。

まだ明け六つ（午前六時）の鐘も鳴らぬ、日が昇る直前である。

浅草広小路《あさくさひろこうじ》から大川《おおかわ》に向かい、大川橋の手前の花川戸《はなかわど》町《まち》。誰が呼びだしたのか、お気楽《きらく》長屋と呼ばれる長屋の木戸番の隣に一膳飯屋《いちぜんめしや》『なずな』があった。二階に住居を持つ表店《おもてだな》だ。

その二階の窓の障子がからりと開き、ひとりの女がそっと顔を覗《のぞ》かせる。彼女が障子に添えた手のひらの皮は厚く、指先は日々の水仕事で荒れている。

明け方の薄い光が星の瞬きを柔らかく消していく。夜明けの空はいつでも透き通って青白くひどく静かだ。薄明に照らされた向島の対岸の桜はひとつに固まって、大きなぼんぼりみたいに淡くひかって揺れていた。

吉原《よしわら》からの朝帰りなのか、それともいまから向かうのか、大川に猪牙舟《ちょきぶね》が何艘《そう》か浮かんでいる。

「ここから見る春の、この景色。毎日見てても見飽きない。夢みたいに綺麗《きれい》だわ」

女の口元からため息が零《こぼ》れた。

うっとりと向こう岸を眺めている彼女の名前は、はるという。

行方《ゆくえ》知れずだった兄の寅吉《とらきち》を捜して江戸に来て、まわりの人とのご縁の恵みで一膳飯屋『なずな』という居場所を得ることができた。いまは女の身ながら包丁を握らせてもらっている。

年だけは二十三歳と、いい年齢になったのだけれど、いまだ未婚で歯は白い。とりたてて美人ではないが、笑うと垂れるつぶらな目に愛嬌《あいきょう》があり、こんなふうにちょっとしたときに浮かべる表情がどこかあどけないものだから、実際の年よりずっと若く見える。

「そう。夢みたい……」

なにもかもがすべて、夢みたいだ。

思わず、はるは、荒れた指で自分の頬《ほお》をつねってみた。ちゃんと痛かった。

ほっとしてから、小さく笑い、綺麗だと思う気持ちを大切に胸の奥にしまい込む。

移りゆく季節を味わう。梅の花の香りやウグイスの鳴き声に春の訪れを感じ、桜の花の美しさに嘆息する。それがどれだけ贅沢《ぜいたく》なものかを、はるは、知っている。

暮らしぶりに余裕がなくなると、人は、綺麗な花を見ても心が動かなくなってしまう。だって花は食べられない。だって花は、生きていくための、なんの手助けにもなりはしない。

また来年もこの景色が見られるだろうかと、つい思ってしまうのは、幼いときに父と兄とで旅暮らしをしていたせいだろう。

幼い日のはるは、薬売りを生業《なりわい》にしていた父と兄と三人暮らし。母は、はるが生まれてすぐに亡くなった。父は男手ひとつでふたりの子を育てながら、ひとつところに留《とど》まることなく、日本国内のあらゆるところに薬を売り歩いていた。だから、小さなときのはるは、ずっと同じ場所で一年を過ごした記憶がない。

今年の桜は今年のもの。来年の桜はまた違う桜。

そういうふうに生きていた。

そして、父が亡くなった十二歳の年に、ひとつ年上の兄の寅吉がはるを親戚に預けてからは、綺麗な景色を綺麗だと感じる心のゆとりが消えていった。

はるが預けられたのは下総《しもうさ》の貧しい小作人の家である。叔父も叔母も、朝から晩までひたすらに働きづめだった。叔父と叔母にとって、季節の変わり目は深夜の冷え込みや、お天道様が空にかかる位置で気づくものだった。

親戚たちは善人で、特に意地の悪いことをされたわけではなかった。ただ、はるは、己が親戚の家では厄介者だと自覚できる程度に分別を持っていた。口がひとり分増えることで、迷惑がかかることはわかっている。だから、はるは、肩をきゅっとすぼめるようにして、叔父と叔母に倣って、必死に働いた。年寄りや甥《おい》っこの面倒を見たし、自分にできるだけの手伝いをして過ごしてきたのだ。

下総でのはるにとって、草花は、食べられるものか、食べられないものかの二択でしかなかった。薬になるか、ならないかも大切だった。畑の実りの悪い年はひえや粟《あわ》だけじゃなく団栗《どんぐり》も食べた。木の皮を剥《は》いで、内側の白い部分を丁寧に煮て、食べたこともある。鹿《しか》が食べている木の皮ならば、人間だって食べられるだろうと思ったからだ。生のままで囓《かじ》ったときはまずいうえにおなかを壊した。次に、よく煮てから日に干して、粉になるまですりこぎで摺《す》った。火を入れてあくを抜き、干してから粉にしてしまえば、だいたいのものが食べられるようになる。木の皮は、そうやって食べれば腹を下すことがないと確かめてから、次に、家のみんなにふるまった。

創意工夫は、はるの十八番《おはこ》だった。

かつての旅暮らしのなかで、父が、いろんな工夫をこらしてさまざまな食材を調理するのを見ていたからだ。木の皮の粉をこねて焼いたり、煮てみたりをはじめに、食べられそうなものはなんでも食べた。だいたいのものは美味《おい》しくはなかったが、腹は満ちた。

それはそれで、はるにとっては幸福な日々ではあったのだ。誰かの役に立てていると、そう感じられたから。甥を背負って子守りをしたし、苗や種の植え付けと収穫もした。寒くなれば、囲炉裏《いろり》の灰のなかに石を入れあたためたものをぼろ布でくるんで、年寄りの腹や腰をあたためた。

働きづめで年月はずんずん過ぎていって、そのときのはるには、明日のことを考える余裕も理由もなかったのだ。目の前のひもじさや寒さを乗り切ることで精一杯だった。

そうしているうちに年寄りは亡くなり、甥っ子も大きくなって——はたと気づくと、はるは嫁ぐ機会を失った行き遅れになっていたのである。

叔父と叔母ははるを追い出しはしなかった。けれど、はるは「ここにずっとご厄介になっていたら邪魔になる」と、そう思ったのだ。

そのときに、ちょうどよく江戸から彦三郎《ひこさぶろう》がやって来た。

絵師であるという彦三郎は、はるを預けて以来なんの頼りも寄越さず、行方知れずとなっていた兄の寅吉から金一両と言付けをたずさえて訪れた。

だから、はるは、彦三郎に頼み込み、共に江戸に出てきたのである。

寅吉を捜そうと、そう思って——。

「兄さんも、江戸で花見をしているのかしら。それとも、江戸じゃないどこか別なところで桜を見ているのかしら」

ぼんやりと、つぶやく。

『なずな』の店を閉めた後や、ちょっとした隙間《すきま》の時間に、彦三郎が兄と出会ったという茶屋に話を聞きにいってみたが、兄のことを知っている人はいなかった。魚や青物の買い付けに少し遠くまで足をのばすときには、きょろきょろと周囲を探って、兄がいないかを見回してみるが、見つかるはずもない。

最近になって『なずな』に来た客から兄に似た人を見たという話を聞いた。が、遠い長崎《ながさき》の地の出島《でじま》で、シーボルトさんという異国のえらい学者の側《そば》にいたような気がするという、ずいぶんとあやふやな話であった。

捜しにいこうか迷ったけれど、女ひとりで江戸から出るのは難儀である。男は関所を抜けるのに、関所手形は不要である。取り調べられることもあるけれど、男の江戸への出入りはそこまで厄介なものではなかった。

しかし、女は違う。江戸から関所を通って諸国へ向かう女は「出女《でおんな》」と呼ばれ、幕府は出女を厳しく改めた。そのため「女手形」と呼ばれる関所手形が必要なのだ。

それもあって『なずな』の店主の治兵衛は、はるがやみくもに兄を捜しにいこうとするのには難色を示した。治兵衛は「あたしはあたしで、つてを頼って向こうに、はるさんの兄さんの似姿をやって人捜しをしてもらおう。その返事がきてから考えるのでも遅くない」と親切にはるにそう申し出てくれた。

ありがたいと心から感謝をし、だけど、と、はるは考えた。

「だけど、わたしの作る珍しい料理が、もし、美味しくて評判になったなら……兄さんが『なずな』に来てくれるかもしれない」

分不相応な望みである。

それでも、幼い日のはるが食べてきた、父と兄とはるとの三人の思い出の料理が、珍しくてしかも美味しいと江戸じゅうの評判になったら、兄の寅吉は『なずな』に味を確かめにきてくれるのではないだろうかと思いついてしまったのであった。

あまりにもとてつもない望みだと自分でもわかっている。

だから、この考えを聞かせたのは、毎朝、お参りをしている花川戸の木戸脇《わき》の石灯《いしどう》籠《ろう》に刻まれた六体の地蔵だけだった。

はるが桜に見惚《みと》れながらあれこれと来し方を思い返しているうちに、東の空が朱金の色に染まっていく。

日が昇り、明け六つの鐘が鳴り、花川戸の町も活気づく。

吹き込む風は春とはいえ、まだ冷たい。はるの頰を撫《な》であげた風にうながされた気分で、はるは我知らず「よし」と自分に気合いを入れた。


はるは、階段をたんたんと降りていく。

『なずな』はごく普通の煮売り屋だ。奥に小上がり、その手前の土間に床几《しょうぎ》が置いてある。竈《かまど》の手前にしつらえた見世棚《みせだな》は、いまはまだ空っぽだ。

一階の階段のすぐ横に樽《たる》がふたつ並んでいる。ひとつは塩漬けの笹《ささ》の葉で、もうひとつは瓜《うり》の塩漬けだった。樽がふたつもあるとさすがに狭い。

さらに厨《くりや》には、はるの手作りのぬか漬けと「使えるかどうかわからないけれど試しに作ってみた」さまざまな保存食のうるか壺《つぼ》が調味料の壺と一緒に並んでいる。ぬか漬けの壺はいまのままでいいとしても、今年、新しく漬ける梅干しはもうふたまわりほど大きな壺を探してきて多めにつけ込みたいところだ。

最近になって店主の治兵衛《じへえ》が「はるさん、こんなにたくさん壺やら樽やらがあると動きづらくないのかい」と真顔ではるに聞いてきた。増え続ける壺に疑念を抱いたようである。棚の下やら、邪魔にならない片隅やらに置いているので、はる自身は困っていないのだけれど、そのうち治兵衛が樽か壺に躓《つまず》きそうだ。

ついでに治兵衛は難しい顔で「厨と店主の頭んなかが整頓されていない食べ物屋は、つぶれるもんだよ」と、はるを脅かした。

脅かしたというより――忠告か。

治兵衛は、いつも眉間《みけん》にしわが寄っている。そしてそんな治兵衛の中味は「きりり」と優しいのである。頑固爺《がんこじじい》とまわりは言うが、この「頑固」は褒め言葉だ。治兵衛の持つ優しさは、ぬるくない。その場しのぎのことは、ひとつとして言いやしない。叱《しか》るべきときには叱り、ときには厳しいことも言ってくるが、褒めるべきときには褒めてくれる。

はるはそんな治兵衛の情のこもった忠告と説教を、いつもありがたいと思いながら聞いている。

場所をあけたいがどうしようかと思い悩んでいたはるに、店主の治兵衛が「まずは樽だ。どっちの樽の中味も、はるさんのもんだ。好きに使ってくんな」と言ってくれた。

とりあえず、樽のうちのひとつを片付けてしまおう。瓜の塩漬けはしょっぱすぎてすぐにどうなるものではない。こちらの使い道はおいおい考えていくことにして、まずは笹の葉の樽を空けようと、はるはここのところ毎日、笹寿司を作っている。

昨日仕込んだ笹寿司は、竈の前の床の、ひと抱えほどある盥《たらい》のなかだ。木蓋《きぶた》に乗せた漬物石をそっとどけると、盥のなかに笹の葉で包まれた押し寿司が並んでいる。

『なずな』の新しい名物の〝稲荷《いなり》笹寿司〟である。

名前を聞くとみんなが怪訝《けげん》そうにするこの押し寿司は、油揚げを甘辛く煮たものを切って、それを酢飯の上に乗せ、胡麻《ごま》を振って笹の葉でくるりと巻き込んだものであった。

江戸っ子はみんな寿司が大好きだ。油揚げも大好きだ。

計算をして作ったわけではなかったが、できあがってみれば、みんなの「好き」を詰め込んだ一品となり、〝稲荷笹寿司〟はいまや『なずな』の人気の味だ。

昨日、お気楽長屋の木戸番の与七《よしち》が教えてくれたが、どうやら近所の店が稲荷笹寿司の評判を聞きつけて、同じものを出しはじめたらしい。

与七は「はるさんの作った味なのに、ひとこともなく、勝手に同じものを作って売るなんて」と目をつり上げて言っていた。けれどはるが「美味しいと思ってくれてる証《あかし》ってことですよね」と手を打ち合わせて喜んだので「俺は、あんたのために振り上げた拳《こぶし》を、どうしたらいいのかわかんねぇよ。怒らないんだなあ、はるさんは」と呆《あき》れ顔になっていた。

真似《まね》をされるのは、正直なところ、嬉《うれ》しいのだ。

「わたしの料理を、ちゃんと修業をしてきたよその店の料理人が真似てくれるだなんて、すごいことだと思ってます。ありがたい話です。これで『なずな』もちょっとは有名になれるかしら」

と、その気持ちを素直に言ったら、馴染《なじ》みの客たちは顔を見合わせて苦笑していた。

そのあとで四方八方から「有名って言ったたって、味を盗まれることで有名になるんじゃあねえ。『なずな』より、真似した店のほうが客の入りはいいんだよ」「そんなにお人好しのままで、やっていけるのかねえ」「こってり納豆汁に続いて、また真似されちゃーたまったもんじゃないだろうに」とため息混じりでそう言われ、しまいには、岡《おか》っ引《び》きの八兵衛《はちべえ》が「はるさん、あんたの味を盗まれるのはこれで二度目なんだよ。

二度あることは三度ある。うちの看板の味をあっちが盗みやがったって怒る練習しといたほうがいい。ちっと怒ってごらん、ほら」とはるをけしかけた。

はるは途方に暮れて「怒るようなことじゃあないですから。納豆汁だって笹寿司だって、わたしがはじめて考えて作ったものじゃあないんです。わたしは、食べたことのある味を思いだしながらがんばって作っただけで」と小声で言った。

そして、そのはるの態度が、どうやら、店主の治兵衛のかんに障ったようなのである。八兵衛はじめ馴染みの客が帰って、彦三郎と治兵衛とはるの三人になったときに「はるさん、稲荷笹寿司を五升分仕込んどいてくれ」と、さらっと命じた。

五升は、おおよそ稲荷笹寿司百個分くらいの量の米である。そんなにたくさんの笹寿司を仕込んで、はたして売り切れるのだろうかと困惑し「多過ぎませんか。他に菜を作るし、炊きたてのご飯を頼む人も多いのに」と聞き返したはるに、治兵衛は「売ってみせなさいよ」と、そう言った。

しかも「稲荷笹寿司だけじゃあ足りないね。〝はるさんの〟豆腐田楽を作ってごらん」と、付け足した。

豆腐田楽は江戸で人気がある。江戸の固い豆腐を串《くし》に刺し、甘辛い味噌《みそ》をたんとつけ、さっと炙《あぶ》った一品だ。ご飯のおかずにもなるが、なにより酒飲みのいいアテになる。

治兵衛の言葉に、はるは「でも」と口ごもった。

なぜなら『なずな』のはす向かいは田楽茶屋なのである。同じ道を挟んだ食事処《どころ》同士だ。先方はどうか知らないが、はるは、田楽茶屋『きのと』を最初から意識していた。『なずな』の包丁をまかされたときに、向かいに田楽茶屋『きのと』があるのだから、自分は豆腐田楽だけは出さないほうがいいだろうとそう決めた。

『きのと』は五十代の弥一《やいち》とその妻のおつたがやっていて、はると先方とは会えば挨《あい》拶《さつ》もするという程度のつきあいだ。季節の話もするし、それぞれの店の繁盛具合を聞き、天気の悪い日は空模様を嘆きあったりしている。

尻込みをしたはるに、治兵衛は「向かいに『きのと』さんがあるから、豆腐田楽だけは絶対に作らないって決めてたんだろう」と聞いてきた。

「はい」

「そういうはるさんを、あたしは嫌いじゃあないんだよ。でもそれは、迷惑にならないようにっていう気持ちが半分、残りの半分はまっこう勝負をしたら負けちまうってはなから決めて、避けてるからじゃあなかったかい」

静かな言い方だった。

けれど治兵衛の言葉には、はるの胸の内側をかりかりとひっかくような小さな棘《とげ》が含まれていた。

ひとつの通り沿いに、同じものを扱う食べ物屋が商いをすることもある。すぐそこにある浅草の広小路沿いには一膳飯屋も田楽茶屋も何軒もある。

それでも、こちらが後から店を出したのだ。同じ料理を出すのは遠慮をすべきだと、はるはずっと思っていた。そういうのが礼儀というのじゃあないのか、と。

でも、それだけではなかったのではないか。はるは、同じ料理で、勝負をつけたくなかったのではないか。負けてしまうとはなから決めつけて、ていのいい理由をつけて豆腐田楽を作らないようにしていただけではなかったか。

自問自答してみたが、はっきりと「違う」とは言い切れない。そういう迷いが、はるには、あった。

狼狽《うろた》えたはるに、治兵衛は、

「あんたなりの豆腐田楽を作るといい」

と続けた。

「わたしなりの？」

「別に『きのと』の豆腐田楽を真似して出す必要はないんだよ。〝はるさんの〟豆腐田楽をとりあえず一回、出してごらん。あんたはそういう工夫が得意だし、あたしがあれこれ言わずとも、変わったものを出したがるじゃあないか」

「はい」

「田楽茶屋なんて江戸にごまんとある。よその店に味を真似されても気にならないっていうあんたなら、ごまんとある豆腐田楽のなかであんた独自の変わり種を一回作るくらい、たいしたこたぁないだろう」

言っていることの筋は通っている。

はるは、変わった食材で、変わった料理を作る。いままでのはるの料理は、みんな、そうだ。そのうえで、はるがこってり納豆汁や稲荷笹寿司について言ったことを、そのまま返されてしまったのだから、はるは、口をつぐむしかなかった。

再び黙り込んでしまったはるに、治兵衛の口元がきゅっと上がった。

おもしろがってでもいるような笑顔から、なにを言われるかの見当がつかず、はるは、身体《からだ》を縮めて身構えた。

「いまのはるさんなら、作りようがあるだろう。現に、みんなの前であんたは『なずな』が有名になれるかもなんて、すごい望みをしれっとした顔で言ってのけたじゃあないか。あんた、真面目《まじめ》な顔で言ってたよ。あれは本気の本音だったんだろう」

「……あの」

言われてみれば、そうである。冗談でもなく真顔で言った。

ざっと音をたてて頭から血の気が引いていった。無意識に言ってしまったことが、恥ずかしい。いまの自分に見合わぬ分不相応な願いすぎて、指摘されると「わあ」と叫びだしたくなる。

さすがにそんな奇行に走れずに、口をぱくぱくさせるだけだ。穴があったら入りたいとはこういうことか。

「たいしたことを言いだしたと、こっちとしちゃあ、小気味がよかった。だけど、どうにも、その気持ちと、やってることのあいだに筋がとおっていないんだ。あたしはそれが気にかかる。だからあんた豆腐田楽を作ってみなさい」

どうしてここで「豆腐田楽を作りなさい」なのか。

ぽかんと聞いていたら、

「はるさん。あんたは、まだ心のどこかで負けて当然と思っているところがあるんだよ。弱気の虫を飼っている。考え抜いて〝勝負をしない〟なら、いいけれど、言い訳をして勝負から逃げるのはよくないね。そんな気持ちで有名になんかなれるもんか。料理のことはよく知らなくても、あたしはね、隠居したとはいえ代々続いた薬種問屋

『中野屋《なかのや》』の大旦那《おおだんな》だったんだ。商いのことなら、わかるんだ」
　はるは、はっと息を飲み、うつむいた。
　あんたは、まだ心のどこかで負けて当然と思っているところがあるんだよ。
　弱気の虫を飼っている。
　考え抜いて〝勝負をしない〟なら、いいけれど、言い訳をして勝負から逃げるのは
よくないね。
　治兵衛が続けて発した言葉のひとつひとつが、はるの内側に噛《か》みついてくるような、
そんな気がした。
　――噛まれてしまったっていうことは、思いあたるっていうことなんだわ。
　治兵衛は、はるの返事を待っている。
　はるは、もうなにも言えなくなった。
『なずな』の店内は、しんと静まりかえってしまった。
　しかし、水を打ったようになったその場に、彦三郎が一石を投じたのである。
「たいしたことないよ、はるさん」
　と、本当に、なにひとつたいしたことがないように明るく言った。
　はるを『なずな』に連れてきてくれた恩人のこの絵師は、三十路《みそじ》手前。

彼はとにかく「ふわり」と優しい。ぼんくらだとか、駄目な男だとまわりは言うが、それでいて彼はみんなに好かれている。

彦三郎はなんの裏表もない笑顔で「稲荷笹寿司が売れないときは、俺が残りを食べてやるから、ぎゅっと盛大に押して作ればいい。豆腐田楽も、ほら、『きのと』は豆腐田楽の串と菜飯を出してくれる店で、他の献立はなんにもないんだ。だから『きのと』で出さない豆腐田楽を出せばいいし、それが売れたら『きのと』の弥一さんとおつたさんにも教えてやりゃあいいんだ。どうせ『なずな』は毎日豆腐田楽出すわけじゃあないんだからさ」と言ってのけた。

それを聞いた治兵衛は目をつり上げて「おまえ、稲荷笹寿司は、ちゃんと食べたぶん銭を払ってもらうからね」と彦三郎を睨《にら》みつけた。

彦三郎はきゅっと亀のように首をすくめ「あまったんなら、ただで食わしてくれるもんじゃあないのかい。俺は『なずな』の専属絵師で、雇われているようなもんなんだから、まかないで食べさせてくれよ」と笑って応じ、それで、はるの肩から力が抜けた。

彦三郎ときたら、いつもこうだ。

なにかでしんと固まった場を、春風みたいな手触りでふんわりと撫でて、平気で崩す。

　はるは何度も彦三郎の言葉と態度に助けられている。いつもまっすぐに立てないで風に飛ばされて斜めに歩くような人なのだけれど、それでもはるにとっては恩人で、頼りがいのある人なのである。

　そのあとは治兵衛が彦三郎をさんざんに叱りつけて、それで終わると思ったのだが
——帰り際、治兵衛は、はるに「はるさんは、料理についての気構えは、あると思う。でも、商いをしようって部分がまだ足りない。自分の手にあまるくらいに大きく広げようとしないのは賢いが、自分がやれることより低く見積もって小さな商売をする姿勢は、よくない。あんたはまだ、どっちつかずなんだ」と真顔で言った。

「はるさん、明日は、よその店に真似された稲荷笹寿司をまず五升、売ってごらん。そして豆腐田楽さ。そのふたつを、ちゃんとしな。かたっぽだけじゃあ駄目なんだ」

　どうしてだろうという疑問がはるの顔に出たのだろう。

「どうして『なずな』を有名にしたいのかはわからないけど、変わった料理っていうのは、あんたの取り柄だ。真似されるようなものを作りたいんだろうってのは、わかったからさ。あんたは〝もっと売りたい〟とはひと言も言わなかった。でも、売りもしないで、いきなりただ有名になりたいなんざ、こっちからすると逃げているように

しか見えないんだ。とはいえ、商いのほうはあたしが面倒みるって、あたしは前になんかであんたにそう請け合っちまったからねえ」

うんざり半分、楽しみ半分みたいな顔で、治兵衛が言う。

治兵衛には、はるは「家族の懐かしい変わった味のものを出すことで、有名になったら、兄が来てくれるかも」という話はしたことはなかったのに、見透かしたようなことを言われてしまい絶句した。

しかも治兵衛ははるに、

「ただし、当たり前だし何度も言ってるが、あたしが食べて、まずいもんだったら出せないよ」

と、重ねて命じていったのであった。

そんなわけで、明けて、翌日の今日――。

はるは、五升の米を一気に炊いて、せっせと笹寿司にしたのであった。いつもの笹寿司の三倍だ。笹寿司は盥のなかで何層にもなってぎゅうぎゅうに積み上がり、重ねられている。

「言われたぶんだけ作ってみたけど……どうしよう」

はるは夕べからずっとこれをどう売ろうかと考え込んでいるのであった。

胸の内側に治兵衛に放たれた「弱気の虫を飼っている」という言葉がしっかりと食い込んで、ぶら下がって、離れない。

はるなりの豆腐田楽を作ることに関してはわりとすぐに結論がついた。豆腐田楽にこだわらず、田楽味噌をつけて串で焼くというものにこだわっていこうと方向を定めた。

豆腐に、鶏《とり》の肉を刻んで叩《たた》いたものを混ぜ、片栗粉と一緒に丸く固めておいて、串に刺して焼くのである。これに田楽味噌をのせて焼き、千切りにした大葉をぱらりと振ったら完成だ。

はるが幼い頃に父に作ってもらった鶏団子の鍋《なべ》を、そのまま流用したものだ。鶏の肉に豆腐と粉とを混ぜて作った団子はふわふわの食べ口で、それが鍋のなかに入っていた。味噌でも塩でもよく合って、しかも滋養があって身体にいい。これもまたはるにとっては思い出の家族の味である。

幸いなことに『なずな』の納豆汁は鶏の肉入りで、よく使うため、鶏の仕入れの算段はついている。今日も出入りの農家が持ってきてくれるはずだった。おまけに『なずな』の常連は納豆汁の美味しさで、鶏の味にも慣れている。案配よく混ぜ込んで、薬味を工夫し、味つけを間違わなければきっとみんなに受け入れられる。

「それに、これなら新しい」

豆腐と鶏の取り合わせで串に刺して焼くなんて思いついたのは、きっとはるくらいなんじゃないかと、考えているうちにうきうきとしてきた。

納豆汁も笹寿司も、すべてをはるがひとりで編み出した料理ではなかった。

でもこの豆腐田楽は、はるが考えついた「新しい」ものになるんじゃあないか。

「もちろん、もとはおとっつぁんの鶏なんだけど、あれは鍋に入れていたものだから」

新しい豆腐田楽もまたみんなに受け入れてもらえるように、美味しく作らなくては。どういう工夫をこらしたら、もっと美味しくなるだろう。料理のことなら、考えているあいだも楽しめるはるだった。

その一方、笹寿司を五升分売ってみろというのは、はるにとっては難題だった。変わり豆腐田楽を作るのはさっさと決まったのに、こちらはまったくなにひとつ思いつきやしないのだ。

「もっと繁盛してる店なら五升くらい、あっというまに売りきってしまうんだろうなあ」

しおれてしまいそうな心持ちに、

「でも、わたしだって江戸に負けたくないって気持ちがあるんだから、しゃんとしないと」

と、自分で自分を叱咤《しった》して、両手でぱちんと頬《ほお》を打った。

少なくとも、美味しい料理を作りたい気持ちは、人に負けてはいない。

今日は、弱気の虫を飲み込んで、強気のはるで挑みたい。

「昨日よりも風が冷たかったから、火のはいった料理のほうがいいわよね。出汁《だし》はいつも通りのにして」

呻吟《しんぎん》しつつ、ひとつの竈で、まず、飯を炊く。もうひとつの竈では、昆布と鰹節《かつおぶし》で出汁を取る。

『なずな』は、他の仕入れはさておいて、米と出汁はとびきりの贅沢をさせてもらっている。『なずな』が、名のある料亭ではなく、小さな一膳飯屋だからこそ。『なずな』を訪れる客たちは、炊きたての白飯と美味しい汁物と、あともう一品なにかがあれば満足なのだ。米と出汁は手を抜いてはならないと、はるは、思っている。

どちらの鍋からもふくふくと湯気が舞い上がる。出汁の鍋のなかでは昆布が小さなあぶくをまとわりつかせて、ひらひらと踊っている。沸騰まではさせずに引き上げてから、鰹節を思い切りよく放《ほう》り込む。ふわんと、鰹節の、いい匂《にお》いがあたりに立ちこめる。

米を炊く鍋の音に耳を澄まし、火加減を見ながら思案していたら、外からぼてふりの声が聞こえてくる。

「あさりー、しじみヨッ。しじみー、はまぐりヨッ。エ、しじみー、むきみヨッ」

遠いところから響いてきた声は、あっというまにお気楽長屋に入り込んだ。耳を澄ますと、ぐんぐん近づいてくる呼び声は『なずな』の手前でより大きく張り上げられた。

「はまぐりヨッ、エ、しじみー」

はるが勝手口の戸を開けると、そこにいたのはぼてふりの熊吉《くまきち》である。

熊吉は、今年、八歳になったばかり。母ひとり子ひとりで、その母も病がちで苦労している。芥子《けし》坊主の髪の房がゆらゆらと揺れ、前髪が汗で額に張りついている。声の近づき方が早かったから、きっと走ってきたのだろう。頭からふわふわと湯気が立っていた。元気な子どもは走りまわると、ぽっぽっと身体を火照《ほて》らせて、肩や首からそのぬくもりを外にほとばしらせる。

逃げやしないのに、こんなに急いでやって来てと思うと、胸の奥がつんと小さな指で柔らかくつままれたような心地になった。

はるは懐から清潔な手巾《しゅきん》を取りだし、熊吉の頭と額の汗をぽんぽんと柔らかく拭《ぬぐ》う。

熊吉の髪に、桜の花びらが一枚貼《は》りついていて、

「熊ちゃん、桜の木の下を通ってきたのね。花びらがついてる」

と、つまみあげて熊吉に見せる。

「桜」

熊吉が目を細め、どうでもいいみたいな言い方をした。桜の花びらにも桜にも、興味はないらしい。まだ熊吉は、花が綺麗だと思って眺める気持ちになれていないのだ。下総で過ごしていたときの自分を思いだし、はるの気持ちの奥の乾ききっていない小さな傷口が、冷たい風に吹きつけられたみたいに、ひりひりと痛んだ。

花びらひとつ。

床に落としてしまうにはもったいないような綺麗な薄桃色のそれを、はるは、竈の横にそっと置く。

「花見に、いきたいね」

口をついて出たのはそんな言葉で、そうしたら熊吉は「大人はみんなそう言うね。おいらはまだよくわかんねぇや」と興味なさそうに言い返す。

だからはるは「そう」とうなずく。

「熊ちゃん、ずいぶん呼び声が流暢《りゅうちょう》になったね。最初、熊ちゃんじゃないかと思ったくらいよ」

笑いながら話を変えると、

「まあね。ヨッ、ていうところの言い方が大事なんだ。こう、貝がピュッて水を吐きだすみたいな感じでさ。いままでの言い方よりこっちのほうがかっこいいだろ」

得意げに返された。呼び声を褒められるのは嬉しいらしい。

「うん。かっこいい。一人前のぼてふりだね」

うなずくと、照れた顔で鼻を指で擦《こす》る。まんざらでもないらしい。

子どもというのはどんなことでも、やる気になると吸収していくのが大人より早い。苦労している熊吉は、自分で朝早くにあさり採《と》りをし、天秤《てんびん》を担いで売り歩いて日銭を稼いでいる。子どもながらに必死に生きていく彼のことを、お気楽長屋や『なずな』の常連客たちは、側で見守り、応援している。

「はる姉ちゃん、今日のおすすめは、はまぐりだ。でっかいんだ。それにこの時期のはまぐりってのは、卵を産むのに身がふくらんで旨《うま》くなる。春から初夏が旬なんだ。美味しい絶対に絶対にはる姉ちゃんに買ってもらいたいって思って急いで来たんだ。美味しいのは間違いなしだ。太鼓判だよ」

天秤をひょいと床に置き、どこで覚えたのか、いっぱしの口をきく。身がふくらんでとか、旬なんだとか、そのあたりの言葉は、借りてきたものをそのままそらんじてでもいるような言い方だった。

昨日まではこんなことを言わなかった。今日になってのこの物言いは、大人に教えてもらった受け売りか。

そんな、なにもかもがかわいらしくて、微笑《ほほえ》ましい。

とはいえ、はるは、のぼってきた笑みをぐっと奥歯で噛みつぶした。彼の精一杯を真面目に受け止めてあげたい。がんばって背伸びをしている姿を笑われると、それが好ましさからくるものだとしても、人は、傷つくことがある。子どもでも、大人でも、そこは同じだ。

口上を述べている熊吉の商いぶりに水をさすようなふるまいは、したくない。

「そうね。はまぐりは旬よね。はまぐりだけじゃなく、江戸の二枚貝は、春になると、身がふっくらとするのよ」

「はまぐりだけじゃないのか」

「そうよ」

熊吉がつま先立って、まだなにも並べていない見世棚を覗き込んだ。今日の献立が気になっているのかと、はるは作るつもりの品物を口に出す。

「豆腐の田楽を串にして焼くつもり。あとはいつものきんぴらごぼうに昆布豆に、熊ちゃんから買ったあさりの佃煮《つくだに》。それから稲荷笹寿司」

はるは、しゃがみ込んで、盥の中味を覗き込む。

盥のなかにあるのは、あさり。はまぐり。それからバカガイもあった。バカガイもまた、はまぐり同様の二枚貝だ。

「あ。バカガイがあるのね」

はるは、水のなかに指を入れ、はまぐりと同じ盥のなかに入っているバカガイの殻を指先でつついた。大きさも申し分のない、立派なものだ。

はまぐりとバカガイはぱっと見、見分けがつかないくらいよく似ている。そもそも、江戸では、二枚貝の大きなものをおおざっぱにまとめて、はまぐりと呼ぶことが多い。

だから、バカガイは、店によっては「はまぐり」として売っていることがある。

ただし、バカガイは、塩水につけていても砂を吐かない。だから、はまぐりと間違って一緒に調理しようものなら、もう大変。バカガイのせいで砂だらけの一品ができあがってしまう。

はるは、店のざるを手に取って、

「はまぐりはまた今度にする。今日はバカガイを全部ちょうだい」

と、盥のなかに手を差し入れる。

バカガイは、はまぐりよりも貝殻が薄くて、軽い。バカガイのほうが丸みがあって、貝殻の形も左右非対称だ。そしてバカガイのほうは、貝殻の付け根が淡い紫色なのだ。だから、手に取ってよく見れば見分けがつく。ひとつひとつ確認しバカガイだけを盥に入れると、熊吉が不本意そうに口を尖《とが》らせた。

「バカガイってなんだよ。どれも、はまぐりだよ」

「そうね。バカガイのことをはまぐりって呼ぶことも多い。でも、違う貝なの。そしてバカガイのむき身は青柳って呼ぶのよ」

「青柳ってのは聞いたことがある」

「バカガイより青柳のほうが響きがいいし、むき身を食べることが多いから。ほら、熊ちゃんもバカガイをより分けて入れてちょうだい。バカガイは、付け根のここんところが紫なの。よく見てね」

熊吉に、手にしたバカガイを見せて伝えると、熊吉は「へえ〜。知らなかった」と、しげしげとバカガイの付け根を凝視する。

「はまぐりのほうが貝殻が厚くて、重たいの。バカガイの貝殻は薄いから、手で持って比べると違いがわかるかも」

はまぐりとバカガイとを熊吉の両手にひとつずつ置くと、熊吉は真剣な顔つきで右のはまぐりと左のバカガイを手秤《てばかり》で比べている。

そういえば、はるが、はまぐりとバカガイの違いを父に教えてもらったときもこんなふうだったと思いだす。父が、はるの手の上に、それぞれの貝を載せてくれた。大切なものを手渡すみたいにそうっと手のひらの上に載せて、顔を近づけて「手で持つと違いがわかるかも」と言った。

父があまりに真顔だったから、とても重大なことを聞かされた気になった。はるも、いまの熊吉同様に、ひとつでも間違えたら一大事だと、ものすごく真剣に貝の重さを比べていた。

「バカガイも、いまは旬だし、美味しいのよね。ただ、バカガイはちょっと面倒なのよ。はまぐりと違って、砂を吐かないから」

「吐かないってどういうこと」

「バカガイは塩水に一晩つけようが、包丁を貝の口に差し込もうが、砂吐きをしないのよ。だから、料理をしたいときは、きっちりと洗って、煮て、貝殻から貝柱やヒモをはずして、また洗う」

「それって、ちょっと面倒どころじゃなく、すごく面倒じゃないか」

「手間暇かけて美味しく食べてもらえるなら、面倒じゃないわ。ただ、間違ってはまぐりに混ぜて料理すると、砂出しできないバカガイのせいでなんでも泥だらけになっちゃうから気をつけないと。砂出しできたつもりで、潮汁《うしおじる》にしちゃったら大変。じゃりじゃりした潮汁になっちゃうから気をつけないとならないわ」

「そうなんだ。じゃあ、おいらも気をつけないとなんないなあ。買ってくれるみんなが、そういうこと知ってるわけじゃないもんな。はまぐりとバカガイは違うんだよってお客さんに伝えなきゃ」

熊吉は神妙な顔になり、貝殻の付け根をしげしげ凝視してバカガイとはまぐりとをより分けだした。そうして、バカガイだけを、はるの手にしたざるに振り分けていく。

「はる姉ちゃん、教えてくれてありがとうな」

教えたいと思ったことを教えることができて、はるも、満足だ。

「どういたしまして」

澄まして応じてから、はるはバカガイをひょいひょいと摑《つか》んでざるに並べる。

「あさりで作る深川飯《ふかがわめし》より、青柳と長葱《ながねぎ》で作ったやつのほうが美味しいって、ちょうど昨日、冬水《とうすい》さんが言っていたのよ。味が、しっかりしてるんですって。けど、今日は笹寿司があるから、今度にしましょう」

冬水とは『なずな』の常連である食道楽の戯作者《げさくしゃ》だ。愛妻家で、いつも妻のしげと一緒にやって来る。とにかく物知りで、はるにさまざまな食べ物についての蘊蓄《うんちく》を教えてくれるのであった。

熊吉ははるの言葉を興味深げに聞いている。

「でも、むずかしいもの採ってきちゃったんだな。ごめん」

むっと口をへの字にした熊吉に、はるは、

「大丈夫。バカガイの出汁を使おうとしないなら、料理ができるんだもの。それにバカガイは、身が美味しいの。さっと煮て、たれをつけて、寿司にしても美味しいんだよ。煮てよし、焼いてよし。今日はこれをたんと使って、いろいろ作るから、あとで食べにきてみてよ」

はるは、寿司にしたものをまだ食べたことはなかったが、たれにつけた味の想像はたやすい。間違いなく美味しいに決まっている。

「……いっぱい買ってくれるうえに、それをおいらに食べさせてくれるのかい」

熊吉が窺《うかが》うように、はるを見た。そこまでしてもらっていいのだろうかと考えあぐねているのが、伝わってきた。

熊吉は賢くて、苦労の多い子どもだからなのか、ときどきこんなふうに、どこまで甘えていいのかを窺うことがある。

遠慮というのとはまた違う。おそらく彼は、まわりをまだ信用しきれていないのだと、はるは思っている。最近まで掏摸《すり》をして稼いできた子だ。誰も助けてくれないから、幼い身の上で悪事に手を染めた。その経験が身にしみているから、いまになっても、大人たちが彼のためにかけた梯子《はしご》を、ふとした拍子にはずされることがあるのではと疑っている節がある。

いくらでも甘えてくれていいんだよと、口で言っても仕方ないのだ。態度で示していくしかない。そのうちいつか熊吉もまわりを信用していいのだと心で理解してくれるはずだ。

「自分が売っているものの味や食べ方、知っていたほうがいいじゃない。今日の盥の中味ぜんぶ売れたら『なずな』においで。ただし、そのかわり今日は少し負けてもらおうかな」

と、はるはわざとおちゃらけて言ってみた。

熊吉が「げ」と変な声を出してから、渋々という顔つきで「仕方ねぇか」とうなずいた。

「はる姉ちゃん、大変なんだな。おいらとおっかつぁんのぶんも握り飯もらってるし……ごめんよ。本当ならいままでのお礼にバカガイぜんぶただで持ってってくれって言えるといいんだけど、それはできなくて」

しゅんと萎《しお》れた熊吉に、はるは慌てる。

「ごめん。熊ちゃん。うちは、もう、そこまで大変じゃないわ。少しずつお客さんたちも戻ってきてくれて、ふりのお客さんも、わたしの味を気に入ってお昼どきに食べにきてくれるようになってるの。うちが、賑《にぎ》わっているの見てるでしょ。熊ちゃんたちに、たまにご飯食べてもらうくらいのことはできるだけの稼ぎはあるの。バカガイだって普通に買える」

どうやら、はるは、言い方を間違えてしまったようである。負けてくれなんて、口にしてはならなかったのだ。

「でもさあ、この店、はじめのうちは本当にお客さん少なかったもん。心配で」

熊吉がうつむいたまま、ぽいぽいとバカガイをざるに入れながら、小声で言う。

「熊ちゃんっ。ごめんってば。わたし、考えなしに変なこと言っちゃった。ねぇ、いまの『なずな』はそこまで困ってないからね」

はるは熊吉の顔を覗き込んで謝罪する。

「本当？」

「本当」

「でも、バカガイは安くしとくよ。『なずな』がつぶれたら、おいら困るから」

真顔である。はるは、うっかり言ってしまった冗談を、心底反省しうなだれた。いつも、はるは、まわりの年長者たちに助けられているから、自分がされたような親切を、熊吉に手渡して、笑ってもらいたかっただけなのに。

「熊ちゃん、ありがとう。つぶれないわよ。大丈夫」

「……そうだよ。はる姉ちゃん、ずっとがんばってきてんだもん。つぶれたりなんてしないよ」

熊吉は、はるの手をじっと見ている。あかぎれでひび割れた手を見てから、顔を上げ、真剣な口調でそう言った。慰めて、励ましてくれようとしているのが伝わった。

どちらが大人なのか、わからない。

「ありがとう」

自然とはるはそう返してしまった。とことん、どちらが大人なのか、わからない。

「熊ちゃん、ぼてふりの仕事が終わったら、店に寄ってね。おっかつぁんのぶんもたくさん作っておくからね」

「うん」

熊吉はそのまま無言ですべてのバカガイをざるに並べ終えた。

唇を引き結んでお代を受け取ると、はるの両手をぎゅっと握りしめて、

「また来るから、はる姉ちゃん、しっかり稼ぐんだよ」

と、深刻に告げて去っていく。

慣れないことをするものじゃあない。軽口を叩こうなんてするんじゃなかった。笑ってもらえるかと思ったのに、笑えないようなことを言ってしまった。

はるは、うなだれたまま、ざるに並んだバカガイを手に取る。

——負けてもらおうか、なんて。

いまの熊吉に、いまのはるが、言ってはならない冗談だった。

それをするりと口に出した自分の心の底に隠れていた、さもしさに気づき、はるは唇を噛みしめる。

稲荷笹寿司を五升売らなくちゃならなくて、なにも思いつかなくて、金勘定の算段に頭を悩ませていたから、あんな言葉が咄嗟《とっさ》に出てきた。

「わたしって、ちゃんとした大人になれてない」

もうずっと弱気の虫を飼い続けた、駄目な大人なのである。

どうしようもなく残念な嘆息が、はるの口からこぼれ落ちた。

野菜のいいのがあればと思案していたら、昨年の暮れに仲良くなった、みちが、桜草を売りにきた。

みちは女だてらに天秤を担ぎ、野菜や山菜、季節に応じた鉢の花も売り歩くぼてふりだ。はるより若いが、病で床についた父と年の離れた弟を女手ひとつで食べさせている。

みちは、担いで歩くのに楽なように、着物の裾《すそ》をからげて股引《ももひき》を下につけ、脚絆《きゃはん》を履いている。最近になって、結った髪を覆うように手拭いでほっかむりをするようになったから、遠目では女だとわからないこともある。

どういうわけか江戸の花売りは見目麗《みめうるわ》しい男が多い。そのため、花を求めて声をかけてくれるおかみさん連中のなかには、みちの顔を見た途端に「女なの」とがっかりすることもあるのだそうだ。しかし「そこからが腕の見せ所なのだ」と、みちは言う。

いわく「がっかりされてもいいんだよ。そのあと、あたしは病気の父と年の離れた弟をこの腕ひとつで食わせてるんですよって泣き落とすのさ。おかみさんたちは、あたしの話に相づちうって聞いてくれて、最後には、がんばってねって花を買ってってくれるっていうわけよ。声をかけられたらこっちのもの。でも、女の姿での花売りは、そもそも声すらかけてもらえないから、ほっかむりに、脚絆をつけて遠目からは男に見える変装をしたってわけ。それに、こっちのほうが動きやすいから一石二鳥っていうもんだ」とのことだ。

みちなりに考えて、少しずつ、自分の出《い》で立ちを変えていっての「いま」なのだ。いろいろと考えて創意工夫しているんだと、はるは、いつもみちの話を感心して聞いているのだった。

「ごめん。うちは桜草は買えないわ。野菜や山菜だったら欲しかったけど」

はるは申し訳ない気持ちで、みちに伝える。

春のこの時期、鉢ものの桜草はよく売れる。でも『なずな』がいま必要としているのは花ではない。食べられるものだ。

「そんなことは知ってるよ。あんたたちときたら福寿草の鉢だけっきゃ買ってくれないんだ。あとはずっと食べるものだけ。わかってるからいい山菜を見つけたときはまっさきに『なずな』に来てるだろ」

みちは天秤を床に置き、口を尖らせる。くりくりと丸い目が瞬いて、どこか拗《す》ねたような口ぶりになっている。

あんた〝たち〟って言ったわね、いま。

みちは『なずな』の隣で荒物屋を開いている木戸番の与七に惚《ほ》れているのだ。

与七はお気楽長屋の木戸番をつとめている三十代後半の男で独り身だ。

いまのところ、みちのこれは、片恋で、与七はみちの気持ちにまったく気づいていないのである。

はるが、みちの顔を覗き込み、

「与七さんところにも桜草を売りにいったの？」

と尋ねると、みちの頬が桜草と同じ色にぽっと赤く染まった。

こくりと小さくうなずいて、

「……桜草はいらないって。植える庭もないし、鉢は福寿草だけで手一杯って。だけど広小路のずっといったさきの小間物屋の『かづさ屋』さんのご隠居が、たぶん買ってくれるんじゃあないかって教えてくれたから、このあといこうと思ってる」

与七は木戸番をつとめているだけあって、花川戸だけではなく浅草界隈《かいわい》の情報に精通している。

「ただ、そうなるとさ、与七さんとこにはなにを売りにいけばいいっていうのさねえ。

野菜も山菜も、独り身で飯を作れやしないからそういうのは買えないんだごめんって追っ払われるし、秋から冬に店先で扱う焼き芋の芋は、いつだって、あたし以外のところから仕入れてるしで。……あたしは役立たずで、あの人に必要なものをなにひとつ売れやしないんだから。そんなのは仕方ないことだし、いいんだけどさ。いいけど、はるちゃんのところに来るついでにちょっと顔見に隣に先に寄っただけでさ。でも」

後ろのほうになるとどんどん早口になる。

はるは、みちの言葉を引き継いで、続ける。

「でも、残りひとつだけ売れ残ってる天秤を持っておみっちゃんがとぼとぼ疲れて歩いていると、自分じゃあ料理を作れやしないのにフキノトウひとつだったり、しなびた菜っ葉一束だったりを〝ちょうど欲しかった〟って嘘《うそ》ついて買ってくださるのが与七さんなんですもんね」

みちが、また、うなずいた。

「そうなのよ。しなびたものでも笑顔で買って、それで、できもしないのに料理してみて〝フキノトウは苦くて誰も食えないもんになった〟とか〝菜っ葉はなんとかなった〟とか、後で教えてくれてさ」

そういうことが積み重なって、みちは、与七を好きになっていったという。

「先に寄るんじゃあなくて、よそをまわってから後に花川戸に来たらいいんじゃあない。残りひとつだけ抱えてさ。そしたら与七さんが毎回おみっちゃんから買ってくれるかもしれないわよ」

「わざとそんなことするのは、よくないよ」

それに、と、みちが、うつむいて続けた。

「朝に顔を見たらさ、その日、一日がんばれるんだよ」

ぱあっと顔が真っ赤になった。唇を尖らせて訴えるみちを見ていて、はるの頬も熱くなる。聞いているだけで恥ずかしくなるのは、はるも、男女の恋愛沙汰《ざた》に不慣れなせいだ。だてに行き遅れてはいないのだ。

「もうっ。それをそのまま与七さんに言えばいいじゃあないの。おみっちゃん！」

ぱんっと肩を叩くと、

「ななななにとんでもないことを言い出すんだよ。言えるはずないでしょう、こんなこと。あたしのことなんて与七さんはこれっぽっちも気にかけてやしないんだから」

みちは、はるの肩を、はるの倍以上の力でもって押し返した。いきなり押されて、はるは後ろに転がりそうになる。

「なにやってるのよ、おはるちゃん。もう、しっかりしてよ」

みちがはるの手をつかんで引き留めた。

「なにって、いまのは、おみっちゃんが……」

と言いかけたら、みちは真っ赤な顔のまま頰を膨らませて「はるちゃんが変なことを言うから」とそっぽを向いた。

「うん。ごめん。おみっちゃん」

みちはなんでもぽんぽんと言い返す勝ち気な性格なのに、こと、与七がからむと、しおらしい乙女になってしまうのだ。そこが愛らしいし、とにかく応援している、はるなのである。

「でも、今日、売れ残りが出たらまた帰りにきてみてよ」

と伝えると「残ったらね。残ってもらっちゃあ困るんだけどさ。そんなんうちのおまんまの食い上げだからね」と、みちは天秤を「よっ」と担ぎ外へ出ていったのであった。

入れ替わりのように、馴染みの魚のぼてふりの呼び声がする。

はるは勝手口から出ていき、ぼてふりを呼び止める。

今日、魚のぼてふりが勧めてくれたのは、近場で捕れた桜鯛《さくらだい》だ。

鯛の骨は硬くて少し手こずるが、ぼてふりが気を利かして「あんたんとこのぶんくらいなら、さばいてってやるぜ。ここまで大きい鯛の骨を切るのは手間だから」と言ってくれたので、お願いすることにした。ぼてふりは、長屋のみんなが使う井戸場に持参の俎板《まないた》を置き、さっと手早く頭と尾を落としてくれた。

「頭は兜煮《かぶとに》、尾も出汁になる。骨まで使ってやってくれ。うちの魚はうまいんだ」

尋ねなくてもそう言ってくれるぼてふりに、はるは「ありがとうございます」と頭を下げた。

よその長屋だとおかみさんたちが早起きをしてご飯支度をはじめる頃《ころ》あいだが、お気楽長屋は、大家一家以外はみんな独り者。朝早くに井戸場を使うのは、はると、大家のおかみさんの、ふみのふたりだけである。ふみは、こざっぱりとした縞《しま》の着物に半幅の帯を邪魔にならない貝の口で締めている。ふみは快活なおっかつぁんで、九歳と七歳の兄と妹のふたりの子どもはまだまだやんちゃな盛り。大家の源吉《げんきち》はしっかりとふみの尻に敷かれている。

源吉はよくふみのことを「おたふく女房」と笑って言うが、その言い方には情がこもっているから、悪口には聞こえない。実際のところ、ふみのおたふく顔は、愛嬌があって、見ているだけで元気をもらえる良い面差《おもざ》しなのである。ふみに会うと、はるは、いつもなんとはなしに元気になれる。

ふみは、はるの買った桜鯛を横目に「うちはメバルが欲しいわね。なんてったって あれは春告魚《はるつげうお》だし。その大きいやつがいいよ。うちは子どもも入れて四人だからさ」と注文をつける。

ちゃきちゃきと小気味よく話すふみに、

「はいよ。毎度あり」

と、ぼてふりはメバルもあっというまにざっくりとさばいてのけた。

「ところで今日の『なずな』は桜鯛以外に、なにを出すんだい」

と、ふみがはるになにげなく聞いてきた。

「きんぴらごぼうに昆布豆、あさりの佃煮に、青柳も串にします。納豆汁はいつもより優しい味にして……あとは稲荷笹寿司です。それから変わった豆腐田楽も作るつもりなんです」

ひとつひとつ確認するように伝えるはるの言葉を、ぼてふりが途中からさらっていく。

「おお。稲荷笹寿司があるのかい。こないだ食べたけど、あれは旨いな。しかも腹持ちがするんだよなあ」

「少しだけ糯米《もちごめ》を混ぜているからでしょうか」

「なるほどなあ。糯米か。あとで買いにくるからとっといてくんねぇか」

残しておくもなにも、今日は、たくさんの笹寿司を作っている。買ってもらえるならありがたい。

「なんならいま持っていきますか？」

前日に作って押してあるから、もう出来上がっているし、持ち歩いても日保《ひも》ちがする。

「お。いいのかい。じゃあ、ひとつおくれ。いや、三個くらいあってもいいな。小腹がすいたときに歩きながら食えるから」

ぼてふりが、ぱっと笑って、懐《ふところ》から銭を取りだす。

「はいっ。ありがとうございます」

頭を下げ、笹寿司を手渡すと、ぼてふりは嬉しそうにそれを懐に入れ、天秤を肩に担いで威勢よく駆けていったのだった。

はるは『なずな』に来てからずっと、店をやりながらも、ちらちらと道を歩く人の様子を眺めてきていた。

季節によって、歩く人びとの姿勢が変わる。冬は猫背で早足で、みんな行き先を決めてまっすぐ歩く。年末はみんなが集金に大忙しで走りまわって一膳飯屋でご飯を食べる暇も惜しんでいた。けれど、最近になってからの人の歩き方は、のんびりだ。

ここのところの大川沿いは花見の客が行き来している。花見帰りでほろ酔い気分で赤い顔をして、ぶらぶらと道沿いの店を覗き込んで歩く人が多いのだ。

そうやって思い返してみるに――だからこそ治兵衛はここで五升分の稲荷笹寿司を売ってのけろと命じてくれたのかもしれない。花見帰りでほろ酔いの客は、財布の紐《ひも》が、いつもよりゆるむ。

でも、酔っ払った客たちが『なずな』で食べるのは、なにかしらのひと皿と、あとは鍋や汁物だ。弁当持参で花見の宴を楽しんで、まだもうちょっと食べたいという気持ちを帰り道で満たして、家路につく。笹寿司は、つまみに一個か二個食べるとしても、酔っ払ったあとのしめに食べたいものじゃあないような気がすると、夕べから思案を続けていたのだが――。

だとしたら帰路ではなく、花見にいくまえの客に向かって呼びかけるといいのだろうか。

ぼてふりのひと言がはるに新しい案を浮かばせた。

歩きながら食べられるから便利だ。

それを、みんなに呼びかけてみたらどうだろう。

歩きながら食べられるから、花見の散策のついでに片手にひとつどうですか。急いでいる人も、さっと口に頬張っても美味しいですよ。

頭のなかで呼び込みの文句をこねてみたら、いい思いつきのような気がしてきた。

「おふみさんは花見にいきましたか」

はるはふと、ふみに尋ねてみた。

「ああ、いったよ」

ふみの朗らかな声が返ってきた。

「お弁当を持っていきましたか」

「ああ。たいしたもんじゃあないけど、握り飯とお香々《こうこ》を詰めた弁当を作ったさ。けど、うちはまだまだ花より団子よ。大人はみんな花見をしたがって、桜が綺麗だって浮かれてるけど、子どもら大人につきあって仕方なく桜の花を見上げてるのよ。それでも最初だけは、親の真似して、桜の花を見上げて綺麗だねぇなんて言ってくれるんだけどさ。まあ、毎年、すぐに飽きて、走りまわる。そうなると花見を切り上げて、握り飯食わせて、そのあとは長命寺《ちょうめいじ》の桜餅《さくらもち》を買って帰ってくるのが毎年の行事さ。そういや、はるさん、桜餅はどっちが好きだい」

ふみの声に、先刻、熊吉が言った「大人はみんなそう言うね。おいらはまだよくわかんねぇや」という言葉が重なって聞こえてくるような気になった。

はるの胸の奥が、いっとき、しゅんと萎《しほ》む。

それで、ふみに問われてもすぐに返事ができなかった。

黙ってしまったはるを置いてけぼりにして、ふみが早口でまくしたてる。

「ああ、はいはい。はるさんはさ、どっちって聞かれても、どっちもっていう口かもしんないねぇ。あんたは食べることが大好きだもんな。あたしはさ、道明寺《どうみょうじ》のもちっとしたやつより、白くて薄く焼いてる長命寺のやつがだんぜん好きでさ。でも、亭主は道明寺も捨てがたいだとかなんだとかほざいてさ。道明寺の桜餅ってのは西のほうの食べものなんだろう？　なんとなく受けつけない。江戸の桜餅は長命寺だ。あんたも江戸にいんだから、長命寺にするといい」

ふみは今度は、口を閉じ、はるの返事を待っている。

ところが困ったことに、はるは長命寺の桜餅を知らないのだ。食べたことがないものを好きと言えなくて、おずおずと「わたしが知っている桜餅は、道明寺のほうかもしれません。白い桜餅って食べたことがないです。食べたのも、もうずっと前のことだから、うっすらとしか覚えてないんですけど」と、そう言った。

はるがあまりにもおっかなびっくりだったのか、ふみが小さく噴きだして「いや、違う桜餅が好きだからって、店子を追い出したりしないからそんなに怯《おび》えなくていいんだよ」と手をひらひらとさせる。

「はい……」

はるが食べたのは、道明寺の桜餅。

まだ父親が生きていた。「花見だ」と言いながら、道中の山のなかに一本だけ咲いていた満開の桜の木の下に座り込み、兄と一緒に桜餅を頬張った。あの桜餅は、さすがに父の手作りではなく、どこかで買ってきてくれたものだろう。食べることが大好きだった父親は、行く先々で美味しいものを、はると寅吉に食べさせてくれたから。

「さっきは言い張ってみたけど、甘いもんは、美味しいからね。どっちも、ありだ。あたしは花より酒より団子だからさ。お酒を飲む人らは花見っていったら酒のことばかり気にする。だけど、うちの子どもらとあたしは、長命寺の桜餅を楽しみにして、花見にいくんだ。花はおまけだよ。綺麗な綺麗な、おまけだ」

花はおまけ。綺麗な綺麗なおまけ。

「はるさん、花見にいったのかい」

「いいえ。なかなかそんな時間がなくて」

「昼は店を開けてるもんねえ。だったら夜桜を見にいくといい。女ひとりじゃあなにかあったら危ないからさ、信頼できそうな誰かと一緒にいくといい。ああ、そういやあさ、あんたに彦がぞっこんで、しつこくいいよってきてたのを、こっぴどく振ったっていうのは本当かい?」

そんな噂《うわさ》になっているというのは、知っていた。他ならぬ彦三郎自身が言ってのけたので、まわりがおもしろおかしく吹聴しているのだ。振った覚えがないどころか、そもそもが、はるは、彦三郎に言い寄られたこともないのである。

「まさか。それは彦三郎さんの冗談ですよ。わたしは、彦三郎さんだけじゃなく、誰のこともこっぴどく振ったことなんかありません」

ぱたぱたと片手を顔の前で振ると、ふみがわずかに身を引いて「どうしてだろうねえ」と首を傾《かし》げた。

「そりゃあもったいないねえ。あんたは働きもんで、正直で、優しいのにねえ。そうだ。与七がちょうど、独り身だ。どうだい」

と、ふみは同じ長屋の店子の与七を唐突に強く勧めだす。

「ちょうどって……おかみさん。そんな言いようはないですよ」

与七はとにかく人が、いい。どれくらい人がいいかというと、近所のおかみさん連中に「今年こそは嫁さんがもらえるといいけどねえ。がんばんな」と挨拶がわりのように背中をばしりと叩かれるくらいに、人がいい。その度に「言われなくてもがんばってるってのに」と情けない顔をするが、怒って言い返したりはしないのだ。

おかげでこんなふうに、話のついでに「与七はどうだい」と、当人の知らないところで、勧められたりもするのである。

しかし、まわりと与七本人は一切気づいていないのだけれど、実際のところは与七を好きな娘が側にいる。

みちだ。

ただ、与七は、恋愛の勘所が鈍いらしく、向けられた好意に一切気づいていない。

そして、みちは、十五歳も年上の与七が自分みたいな娘に振り向いてくれるわけはないとはなから諦《あきら》めて過ごしている。

みちの好意を知ってから、はるは、みちと与七との仲を取り持ちたくて、いそいそとふたりを『なずな』に呼んだりしているのだけれど、ふたりの仲は一向に進まない。

いっそ、ふみにみちの気持ちを伝えてしまえば、この勢いで、とっとと、みちと与七の縁談をまとめあげたりしてくれるのではないかと、ちらりと思う。

が、うっかり話してしまったら、あっというまにかみさん連中のあいだで噂が広まるのだ。間違いなく、みちに「どうして話した」とどやしつけられる。逆の立場だったら、はるだって、自分の気持ちを、勝手にまわりに言い触らされたりしたくない。

だから、

「与七さんはわたしにはもったいないです。けっこうです」

と顔の前でぱたぱたと両手を振るのに留めておいた。否定しておかないと、どこで縁談をまとめだすか、わからない。

「だったらやっぱり彦三郎かい？　でも、彦は、手がかかるよ。あの男はね、とにかく女にもてるんだ。どこを歩いても気づいたら娘さんをひっつけて帰ってくるんだからさあ」

「ひっつけてって、そんな言いようもないですよ」

「そんなこと言ったって、あんたも、彦にひっついてここに居着いちまった口じゃあないか。彦はさ、あちこちで娘っこを引き寄せるんだ」

「それは……」

事実なので言い返せない。はるは、彦三郎に「ひっついて」江戸に来たのである。

そしてそのまま、彦三郎のまわりの縁に「ひっついて」ここで暮らしている。

「それに、そのふたりくらいしか、治兵衛さんが睨みをきかせているあんたに声かけられる根性のある独り身の男、いやしないじゃないか。あ、だけど、長一郎《ちょういちろう》さんってこともあり得るか。おふくろさんの形見の着物を持ってきてくれたって言うじゃないか」

「あれは、奉公人の衣服を整えるのも店主の務めだからって、見繕って持ってきてくださったんです。そんなこと言われるのは困ります。おかしな噂がたったら、治兵衛さんと、治兵衛さんの『中野屋』さんに申し訳が立ちません」

おろおろとそう訴えると、ふみは「まあ、そうよね。『中野屋』さんは老舗《しにせ》の薬種問屋さんだ。治兵衛さんも、はるちゃんのことかわいがってるっていったって、跡取りの長一郎さんと、はるちゃんの結婚を許すことはないかもねえ」と思案顔になる。

思案の方向が間違っている。

「じゃあ、やっぱりどうしたって彦になるんじゃあないか。彦も、さすがにそろそろ身を固めてもいい頃だし、はるちゃんみたいに生真面目な娘がちょうどいいのかもしれないね。それに、彦のほうも、はるちゃんのことずいぶん気にかけてると思うんだよねえ」

「ですから……」

「花見にいきなよ。彦とさ。なんなら彦には、あたしから、そう話を向けてみるよ。がんばりな」

がんばりなさいと言われても。

なにを言っても、とりつく島もないのであった。ふみは、言いたいことだけを言ってのけるし、思いたいように思い込む。

「花見にいって、それで、長命寺の桜餅をねだるといいんだ。ここに住んでて長命寺の桜餅を食べたことがないの、もったいない。食べないでいるのは損だよ。大損だ。あんなに美味しいものを知らないで花川戸で生きてくなんて、とんでもない」

そこまで美味しいものなのか。

言い切って、ふみは、笑って井戸端を去っていった。


店に戻り、はるは菜を作りだす。

なにを考えながらでも身体は勝手に動く。段取りはすべてはるの身に馴染み、とどこおることがない。

さばいて持ってきてもらった鶏の肉の皮と黄色い脂肪をはずして、たんたんと細かく刻んだ。水切りをした豆腐と肉と粉を混ぜてこねあわせ、脂を塗った手で丸くまとめる。豆腐と肉の割合を変えて、何個も作って、半日水につけておいた串に刺す。焼くだけ焼いて、治兵衛が来たら、さっと炙り直して出すつもりだ。どれが一番美味しいかは、治兵衛の舌で決めてもらう。

「もしかしたら、どれも美味しくないって言われるかもしれない」

そのときは、そのときだ。

田楽味噌は赤味噌と砂糖と味醂《みりん》と酒を煮詰めて作る。甘辛いのが癖になって美味しくて、豆腐だけではなく茄子《なす》や、あたためたこんにゃくにつけても美味しい。豆腐の変わり種を仕込みながら、味噌も味を変えようと、手をくわえる。小口切りにした葱をすり鉢でよくすって、味噌と砂糖を合わせた葱味噌で、はるの「変わり豆腐田楽」を食べてもらうのはどうだろう。

料理についてならば、次から次へと試したいことが浮かんでくる。

ひとまず豆腐田楽の下ごしらえを終え、次は、たくさん買ったバカガイを盥に入れ、勢いよくがらんがらんと手でまわし、貝殻についた泥を落とした。

水から煮立て、貝がぽかりと口を開けたのを見計らって、ざるにあける。びっくりするくらい砂が出るので、砂混じりの湯は捨てる。きっと美味しい出汁が出ているのだろうけれど、泥だらけで、料理には使えない。

貝殻から身をはずし、さらに丁寧に泥を剝ぐ。ひとつひとつ丹念に見て綺麗にしていく。盥に張った水のなかで、青柳の身を優しく揉《も》む。米を研ぐときと、ちょっと似ている。慌てず、急がず、揉みながら洗い、砂を振り落とす。汚れた水を捨て、また新たに盥に水を注いで、身を洗う。くり返していくうちに、はるの手もひんやりと骨のあたりまで冷たくなっていく。

熊吉が貝を採ってきた大川の水はきっと、もっと、冷たかったに違いないと、青柳を洗いながら、はるは思った。

寒くて凍えそうになっても、熊吉は、いつも必死になって、しじみにあさり、はまぐりを採ってくる。食べていくために、小さな身体でがんばっている熊吉のことを思うと、胸の奥を冷たい指で捻《ひね》られるみたいな痛みを覚える。

「熊ちゃんに笑ってもらいたかったんだけど」

ため息が零れ落ちた。

ふみと話したら元気をもらえた。あんなふうに、熊吉に元気を与えたかったのに、はるがやっても、なかなかうまくいかないのだ。話し方だろうか。鈍くさいからだろうか。

間違いなく、今回は、言葉選びがまずかった。

次はもっとちゃんとしてと思うけれど「ちゃんとしよう」と思ったことほど「ちゃんと」ができない、はるである。

熊吉に対してだけではないと、思う。

馴染みの客は、はるのぼんやりとした気性を知ってくれている。抜けた返しをしてしまっても「はるさんだからなあ」と笑われて「ごめんなさい」と頭を下げたらそれで、しまいだ。けれど、ふりの客と自分はどんな会話をしていたのだろう。軽口を叩かれると、黙り込んだり、狼狽えたりで、咄嗟に気の利いたことを返せずに、どうしようもないから半端な笑顔を浮かべていたような気がする。

こんな客あしらいのままでは、味が良くても居心地が悪くて「また来よう」と思ってくれないに違いない。

「わたしは客商売に向いてないのかも」

そんな弱音を吐いたら、治兵衛に叱りつけられそうだと思いながら、つぶやいた。

はるは、何度も水をかえて洗い続けた青柳を、酒を少し入れて沸かした湯にじゃぶんと放り込む。

そのついでに「ぼんやりとして、冗談が上手《うま》く言えないのろまな自分」も、投げ捨てたい。

青柳から出汁が出て湯が白く濁っていく。しかし美味しい出汁と一緒にたくさんの砂も吐き出しているものだから、この湯は料理に使えない。だから、白く濁った湯をざーっとざるで切って、むき身の青柳をまた洗う。

最後に冷たい水で身をしめるまでの下ごしらえは、半刻《はんとき》（約一時間）ほどかかるのだ。

塩水につけておきさえすれば砂を吐きだしてくれるはまぐりやあさりと違い、なんて手のかかる貝なんだと思う。

それでも、手がかかるぶん、愛《いと》おしさもあるような気がして、はるは、ひたすらに自分のこれまでを反省し「わたしって駄目だ」を胸の内側でくり返しながら青柳の世話をやいた。

とうとう料理に使えるくらい砂が取れ、ざるの上に平らに並んだ青柳のむき身を見つめ、はるは、我知らず嘆息する。

この手のかかりようは、自分みたいだ。

すぐにぱっと使いものにならなくて、短い時間にひとりで砂を吐きだすこともできない、手間をかけさせる二枚貝。

「青柳は美味しいからいいけど、わたしはなにか役に立ってるのかしらねえ。砂を吐かないならまだしも、口を開いた途端に、熊ちゃんを心配させるようなことを言っちゃうなんて」

あんたみたいに口をしっかりと閉じておけばよかった。

貝に向かって反省している。自分は、なにをやっているのやら。

そして、料理の算段をしているうちは身体はするすると動くのだけれど——。

「稲荷笹寿司をどうやって売ろう」

そちらのほうになると頭のなかがずんっと重たくなってきて、手が止まる。

それでも、ぼてふりと話していて、花見客をあてこめばいいという見当だけは、つけた。

店の外に棚を出し、呼び込みをしよう。

今日は天気もいい。彦三郎に描いてもらった稲荷笹寿司の絵を、店の外に貼り出してみたらどうだろう。なんなら、もう一枚、稲荷にちなんだ狐《きつね》の絵も描いてもらおうか。

「お弁当にどうですかって、呼びかけて。ちょっとつまめるおかずも用意して、経木で包んでちゃんとした花見弁当に……いや、駄目ね。経木がないわ」

あれこれと考え、店の戸を開けて、竹箒《たけぼうき》で外を掃き、暖簾《のれん》をかかげ、店のなかの床几の端を持ち上げてなんとかひとりで外に持ち出そうとした。

「おいおい。なにしてんだい」

隣の与七が途中ではるの様子に気づいて声をかける。

「おはようございます。与七さん、これを外に出したくて」

「おおよ。手伝うよ」

と与七が腕まくりをして、木戸番の番小屋に集う連中に声をかけると、なかからわらわらと人が出てきて「どれどれ」と床几を店前に運んでくれた。あっというまに片付いて「ありがとうございます」と頭を下げる。

「いいってことよ」

と去って行くみんなに「今日は稲荷笹寿司がたんとあるので、食べに来てくださいね。あと桜鯛の刺身に変わり田楽も出すんで」と頭を下げた。

「変わり田楽だってよ。『なずな』の新しい献立か」

「稲荷笹寿司は小腹がすいたときにつまむと、いいから、あとで買いにくるぜ。いまは将棋の名勝負の真っ最中だったんだ。抜けられねぇ。俺がもうすぐ王手をかけるから」

「うるせぇ。勝つのはこっちだ」

どうやら朝も早くから将棋の勝負中だったようだ。出てきたときの勢いそのまま、男たちは木戸番小屋にまた戻っていく。後に残ったのは与七だけ。顎《あご》に手をあて、与七は、

「はるさん、今日はなにをするつもりなんだい」

と聞いてきた。

はるは、稲荷笹寿司の絵を外に貼りながら「笹寿司を花見弁当で売ろうと思うんです」と応じる。

彦三郎が描いてくれた献立の絵は、笹の葉の緑が瑞々《みずみず》しい。包まれた笹寿司と、笹の葉を開いたところに揚げの乗った押し寿司が並んでいて「稲荷笹寿司」の文字の横に「甘辛くてウマい」と説明書きが添えてある。

美味しそうな絵だと、思う。

「でも、これじゃあ目立たないかも」

腕組みをして考えていたら、道の向こうから、見知った顔が歩いてきた。

店主の治兵衛と、絵師の彦三郎と――もうひとり、こちらははるの知らない女性であった。

治兵衛と彦三郎はだいたいいつも連れだって『なずな』に来るのだけれど、今日の

様子はいつもと違う。ふたりだけではなく、ふたりと、ひとり。治兵衛が先頭を歩き、その後ろを、若い女性にぶら下がられた彦三郎がついてきている。

治兵衛は白髪を銀杏髷《いちょうまげ》に結った恰幅《かっぷく》のいい初老の男性で、肩を怒らせてのしのしと歩く。

少し遅れて、桜の枝を片手に持った彦三郎がふわふわとついてくる。その彦三郎の腕にしなだれかかる若い娘の手にも桜の枝が握られている。

治兵衛はときどき後ろを振り返り、その度に彦三郎がぴたりと立ち止まる。治兵衛は野良犬を追い払うみたいな仕草で、彦三郎と若い娘に向かって手を動かす。しかし彦三郎は止まりはするが、治兵衛から離れない。だから彦三郎にぴたりとくっついた若い娘も治兵衛から離れない。

そんな歩き方をしているものだから、三人ともになかなか『なずな』に近づいてこないのだった。

「彦三郎ときたら朝っぱらから、なんだいあれは」

と傍らの与七が口をあんぐりと開けて、言った。

「なんでしょうね」

とはるも、うなずいた。

そういえば彦三郎は女の人によくもてるんだったと、あらためて、はるは思った。さんざん言われてきたことなのに、はるの見る彦三郎にはいつも女気がないものだから、右から左に言葉が流れてなかなか頭に残らない。今朝も、大家のふみに、そんなことを言われたばっかりだったというのに。

「あいつときたら、いつもああだ。そこそこのご面相で、誰に対しても責任を持たない感じに優しいものだから、娘っこがころころとくっついてきちまう」

はるたちに見られていることに気がついたのか、彦三郎の腕にまとわりついたまま、娘が、細い首をすっとのばした。

彦三郎の身体にさらに身を寄せる。そこまでくっついてしまったら、足がもつれて歩きづらいだろうにとはらはらするようなよなしがみつき方だ。

——綺麗な娘さんだわ。

瓜実《うりざね》の形の顔に白粉《おしろい》をはたいて、形のいい小さな唇に紅がのっている。猫に似た、目尻がきゅっとつり上がった真っ黒な目が、きらきらと光っている。

淡い水色の着物に麻の葉模様の帯を締めている。両方の端に大きな飾りが下がる両《りょう》天簪《てんかんざし》がよく似合って、彼女が動くたびに簪の飾りが左右に揺れた。

島田髷《しまだまげ》を結っていて、眉《まゆ》があるからまだ未婚。身につけている着物も、帯も、簪もどれも立派なものだからお金持ちのお嬢さん。彦三郎の腕をつかむあの手は白魚のように綺麗なものなのだろう。あかぎれなんてしてなくて、爪もきっと丁寧に磨いて光っているに違いない。いくつなんだろう。遠目でも、若さが伝わってくる。

そこまでうろうろと考えて、どうしたんだろう自分はと我に返る。

彼女が何歳だろうが、お嬢さんだろうが、はるには、まったく関係ないっていうのに。

隣で与七が「ああ」と大きな声をあげた。

「あれは『かづさ屋』のお嬢さんじゃあないか」

「かづさ……屋さん？」

「小間物屋だ。けっこうな大店だよ」

「ああ……桜草のご隠居の」

与七が一瞬だけ狼狽えた顔になって、

「ああ、そうか。おみちが、うちの後にそっちに寄っていったんだな。はるさん桜草買ったのかい」

と聞いてきた。

「いえ」

「だよなあ……。おみちの荷、空になって家に帰れるといいけどなあ」

心配そうにして与七が言う。

「はい」

小間物屋とは、櫛《くし》や簪といった髪飾りに、白粉や紅などの化粧品、他にもこまごまとした日用品を商いする店のことである。たしか『かづさ屋』は大店で、いま、娘が身につけている両天簪と、他よりずっと肌を綺麗に見せる白粉で有名だった。

ふみが「あそこの櫛は高くて自分には分不相応だけど、巾着袋なら手が出る値段だから、買ってきたんだ」と『かづさ屋』の巾着袋を照れた顔で見せてくれたことがある。長屋の店子の三味線の師匠も『かづさ屋』の巾着袋に、金平糖を入れている。

「それにしたって、あんな歩き方じゃあ、いつまでたってもここに辿《たど》りつきやしないんじゃあないか」

組んでいた腕を解いて与七が呆れた声を出した。

「そうですね」

と言いながら、はるはのんびりと進む三人を焦《じ》れったい気持ちで待っていた。与七がいなければ、自分から駆け寄って「なにをしてるんですか」と彦三郎たちに言いたいところだ。

彦三郎には早く笹寿司の新しい絵に、今日の献立の豆腐田楽の絵も、描《か》いてもらいたい。治兵衛には豆腐田楽の味見に、笹寿司の売り方についての意見も聞きたい。今日に限ってふたりとも、あんなに、ゆっくりした足取りなのは、あんまりだ。

自然と唇が硬く引き結ばれ、そうしたら、与七が、はるの横顔をちらちらと見て、

「大丈夫だよ。つりあいがとれねぇ。安心しなよ」

とそう言った。

「安心しなって、なんの話ですか」

「彦と『かづさ屋』のお嬢さんじゃあ、つりあいがとれねぇ。立場もそうだし、年齢も。あっちはまだ十八歳。これからだ。彦ももう来年には三十路だぜ。だから心配そうにしなくても平気だって」

「わたしは別に心配そうになんて」

「それに彦の優しさに惚れる女は、たいがい途中で目が覚めて〝優しいだけの甲斐性《かいしょう》なし〟って彦のことを見限るんだ。何人かは〝あんたはあたしがいないと駄目なんだから〟って深惚れして世話をやきだすけど……」

つまり何人かは深惚れをするんじゃあないか。

と、心のなかで言い返してから、あれ、と思う。なにをやきもきしているのだろう。

「じゃあ大丈夫です。わたしは、深惚れなんて無縁ですから」

零れた声が少しだけ尖っている。それに気づいて、一回だけ、きゅっと目を閉じた。

ふみや与七があれこれ言うものだから、はるの気持ちがおかしな具合に彦三郎に傾いている。思えば最初からそうだった。みんなして「彦三郎だけはやめとけ」と言い立てて「あれは、駄目な男だから諦めろ」と言い含めて——なのに今度は「彦三郎と花見にいったら」とか「心配そうにしなくても平気だ」とか「大丈夫」とか。

まるで、はるが、彦三郎に惚れてでもいるかのような言いぶりで——。

そこまで考えたら、はるの頬がぽっと火照った。慌てて「まさか」と自分自身に言い聞かせ、やっと近づいてきた治兵衛たちに駆け寄った。

「おはようございます。治兵衛さん、彦三郎さん」

声をかけたところで、はるは、彦三郎の片頬が腫《は》れていることに気づく。なにかにぶつけたのか、わずかに腫れて、頬のあたりに斜めの傷がついている。

そして遠目からは、しがみついているように見えた娘だが、近づいてよく見ると、むしろ娘は彦三郎を気遣って、支えようとしているようである。

彦三郎に向かってしきりに「私の肩につかまってくださっていいんですよ。足を痛めていらっしゃるのでしょう」と訴えて、一方、彦三郎は「足をひねったっていったって、支えてもらわなくちゃ歩けないほど痛めてるわけじゃあないんですよ。よしてください」と娘の手を遠ざけようとしているのだった。

「どうしたんですか、その顔。それから足も」

はるが尋ねると、彦三郎が助かったというように顔をはるへと向けた。

「木の上に登った猫をおろしてやって、なんやかんやあって、結局、ひっかかれちまったんだ。木から飛び降りたときに、転んで、それでこっちの娘さんが俺のことを心配してくれてさ。……ほら、もうここから『なずな』は目と鼻の先だし、俺はひとりで歩けるから、手を離しておくれよ」

後ろの言葉は、はるではなく、娘に向かってのものだった。

「彦さんがそうおっしゃるなら」

と、娘は、離れがたそうにして、彦三郎の身体から手を離す。

木に登った猫を助けようとして怪我《けが》をするというのは、彦三郎なら、あり得る話だ。はるに声をかけられて「助かった」という表情をはっきり浮かべてしまうところも、娘にからめられた腕を振りほどいたりはせずに「手を離しておくれよ」と頼むところも、いつもの彦三郎だった。

「なんやかんや……ですか」

はるは、言う。なんやかんやのその細かいところを説明されないと、どうして彼女が彦三郎を支えたがっているのか見当がつかない。しかし、彦三郎は、詳しいことを伝える必要はないと思っているようで、

「自分じゃわからないんだが、傷、目立つかい。色男が台無しってところかねえ」

しれっとした笑顔で、小声で聞いてきた。

それを、娘ではなく、はるに向かって聞いてくるのも、また、彦三郎だった。

「目立つっていったら目立ってますけど……色男は台無しになんてなっていませんよ」

「ああ、よかった」

彦三郎が大げさに胸をなで下ろした。傍らで娘が、くすくすと小鳥みたいに愛らしい笑い声をあげた。

そういうところもやっぱり彦三郎で、はるも一緒になって口元をちょっと持ち上げた。でもどうしてか、いつもみたいに心の底から笑えなかった。

「はるさん。稲荷笹寿司の絵を飾ったんだね。それで床几を外に出してる。なにをするつもりだい」

彦三郎には頓着せずに、治兵衛がはるに聞いてきた。

「店の床几を外に出して、稲荷笹寿司を綺麗に盛って、呼び込みをするつもりです。花見の人出が多いし、うちの稲荷笹寿司は、歩きながら食べられる。現に、今朝方、ぼてふりがそう言って三個、稲荷笹寿司を買っていってくれました。お花見にいく人がこの道を通るから、お酒を飲んだあとにふらっと、ふりでうちに来てくださるお客さんが増えてます。それで『なずな』の売上もここのところ調子がいい」

はるが話すのを、治兵衛が、うなずきながら聞いている。

「でも、それは花見帰りのお客さんたちだけだから。花見に向かう人たちは、それぞれにお弁当を持っていくんですよね。手ぶらで来た人たちも、ここで〝花見弁当にどうですか〟って売りだしていたら、稲荷笹寿司も手にしてくれるかもしれない。本当ならお弁当にすればいいのかもしれないけど、ざっくりと考えてみたら、経木を用意したり、お弁当のための菜を作ったりしたら、足が出ちゃいそうで。どれくらい買う人がいてくれるかわからないから」

「うん。それで？」

「売れる数を見たいし、今日は、ここで声を張り上げて稲荷笹寿司を売ろうと思ってます」

「いいんじゃあないかい。やってみなさい」

治兵衛が眉間のしわをゆるく解いて、ふ、と笑った。いつも苦虫を嚙みつぶしている治兵衛の口元がこんなに柔らかくほころぶのは、珍しい。

「五升分の稲荷笹寿司、売れなかったらと思うと怖いだろう」

笑いながら、治兵衛は、怖ろしいことを聞いてきた。

「はい」

「怖いからたくさん考えたんじゃあないのかい。どうやって売ろうかって、頭から火を噴くくらい考えただろう。もちろんいままでだって頭を悩ませてくれていただろうさ。でも、漠然と、店の売上を上げようと悩むのと、ひとつの品物をどうにかして何個売ろうと思うのは、また別だ」

言われてみたことを考える。たしかに、店の売上そのものを上げようと思うのと、たったひとつのものを個数を決めて売ろうと思うときの気持ちは、別だったかもしれない。

「はい」

「はるさんは料理のことはしっかりと考えるのに、それ以外のことは、すぐにお留守になりがちだ。でも、店をやってくなら料理だけじゃなくて商いも考えないとならないからね。あんたは、料理と商いを天秤にかける。そうじゃなく、料理と商いが一緒のものとして考えられるようになれるといいんじゃないかとあたしは思ってるんだよ」

よくわからなくて、黙って治兵衛の顔を見返した。

「はるさんには、お客さんの顔を見て料理をする店があってる。大きな店にする必要はない。毎日、小さく儲《もう》けていって、馴染みの客を大事にして、ひとりひとりの身体や顔を見て、その人にとって美味しくて必要なものを出すような店。きっと『なずな』は、そういう店になるんだろうね」

まさしく、はるが思い描いている店は、その形だ。

「はい。そうなったらいいなと思って働いてます」

「でもね、はるさん。いつも来る客の顔だけ見てたら、店ってのは死ぬんだよ」

「死ぬんですか……」

強い言葉すぎて、ぎょっとした。

「そうさ。あんた、馴染みの客が欲しいもんの見分けがつくようになってきたんだ。だったら、そろそろ、たまにしか来ない客や、一見の、ふりの客の顔色も窺う練習も積んどくといい。ひとりひとりの顔色じゃなく、大きなひとかたまりの客の顔を見る癖もつけとくんだ。いいかい、毎年、桜の花は咲くし、花見の客はこの道を通る。今年の春は、〝花見の客〟っていう、ひとかたまりの客の好き嫌い、つかんでおきなさい。それで、あたしにこんなふうに言われなくても、自分から考えるようになってもらいたいんだ。そろそろ、はるさんなりの商いの道を、つけていかなくちゃならないんだから」

「はい」

治兵衛は、酒の燗《かん》をつけているときには見せたことのない、悪戯《いたずら》を企《たく》んでいるような笑顔を見せた。こちらを引き込むような、悪童の笑みを頑固な年寄りが浮かべている。不思議と魅力的で、うっかり足を踏みだして、側に近づきたくなるような笑い方。

そうか、とはるは思った。

治兵衛は商いが好きなのだ。こんな笑い方をして、はるに、はるなりの商いの道を説いてくれるというのは、そういうことだ。治兵衛は、どうやって売ろうかと考えることが楽しいのだ。そして、治兵衛が知るそのおもしろさを、はるに伝えようとしてくれている。

「負けたくないっていう気持ち、わかるってあんた、前に言ったよな。竹之内《たけのうち》さんに鶏飯《かしわめし》を食わせたときさ」

竹之内という、薩摩《さつま》から来た本草学者と話したときのことである。竹之内は「江戸に負けたくない」と言っていた。はるは、竹之内の故郷の母の味、さらさら鶏飯を作って食べてもらって、彼を元気づけながら、竹之内のその気持ちが「なんとなくだけどわかるんです」というようなことを言った。

「はい」

「負けたくないなら、とりあえず何回か、勝負はしないと。なにもしないでいたら、そりゃあ負けることはないけど、勝ちもしないよ。そういうのは、あたしは、好きじゃあないんだ。大口叩くなら、手足動かさなきゃあ、みっともない。負けたくないなら、いっぺん、なにかで戦いな」

美味しい料理は当たり前。そのうえで、毎日、客の動向を探って、必要なものを手に取らせる。

わかっていたようで、はるは、またもやその基本をおろそかにしていたのだ。

花見にいく客には、弁当を。

花見帰りの、もう少し酒を飲みたい客には、もう一杯の酒とつまみを。そして、しめにお腹《なか》を満たすような鍋や汁物を。

負けたくないと思うなら、とにかく戦ってみなくては。

五升分の稲荷笹寿司すべてを売り切れるかの自信はない。それでも、なにごとも、やってみないとわからないのであった。

『かづさ屋』の娘の名はおきくといった。

そして、おきくは、店の前で帰るかと思いきや「彦さんが心配で」と言って、店のなかにするりと入り込んできたのであった。与七はみんなの様子を気にしながらも「俺は店番しないとならないからさ」と後ろを振り返りながら、隣の荒物屋に戻っていった。

彦三郎は店に入ってすぐに、床几に腰かけた。はるは手拭いを水で濡《ぬ》らして、彦三郎の足の手当をしようと腰をかがめた。

「はるさんに手当されるのは、ちっと照れる。ひねっただけだから腫れてもないんだ。このくらい唾つけときゃ治るよ」

と彦三郎がはるの手を遠ざけると「だったら、私が」と、おきくが腰を浮かした。

「勘弁してくれよ」

と音を上げる彦三郎に治兵衛がふんっと大きく鼻を鳴らす。

「はるさん、彦のことはほっといて、豆腐田楽ってのをはやいとこ作っておくれ。それから、おきくさん、注文はなんだい。暖簾をくぐったんならなにか食べてってもらわないと、困るよ。うちは一膳飯屋なんだ」

治兵衛はいつもと同じ調子だ。

おきくは、

「はい。では……ええと、なにがあるのかしら」

と店のなかをくるりと見渡した。

その仕草もおっとりとしている。いいところのお嬢さんというのは、ただ店のなかを見るだけでも上品だ。

けれど、おきくは、一通り見渡したあとで、結局、なにを頼むでもなく彦三郎を気遣うようにして見つめているのだ。

「とりあえず豆腐田楽を試しに食べてみてください」

鶏と豆腐を混ぜて丸い団子を作ってそれを串に刺して焼いている。すでに火を通してあるから、あとはさっと炙って、味見をしてもらうだけ。「美味しい」と言ってもらえれば出せるし「まずい」ならば、豆腐田楽を普通に作って葱味噌もしくは鶏味噌をつけて出すと決めていた。

はるは作り置いていた豆腐田楽の串を手早く炙って、大皿に並べて全部を出した。

「豆腐の割合がそれぞれ違うので、どれが一番美味しいかを教えてください。どれも美味しくないってときは遠慮なく言ってください。そのときは豆腐田楽に葱味噌を塗って出します」

豆腐田楽はだいたい四角い豆腐が串に刺さっているものなのだが、はるの豆腐は、団子のように丸い。四角くしようと試してみたが、うまく角を作れなかったのだ。

「こりゃあ、見た目がそもそも豆腐田楽じゃあないね」

「団子みたいねえ」

治兵衛とおきくの言葉に、はるは身体を小さくすくませた。見た目が豆腐田楽から遠いのは失敗だった。

「ごめんなさい。うまく四角くならなくて」

「けど、田楽味噌がついていたらなんでも田楽だ。豆腐田楽は豆腐より、田楽味噌が旨くて食うしろものだからね。——いただきます」

彦三郎がそう言って、串を一本、手に取った。

「どれ」

治兵衛も串を手にする。続いて、おきくも串に手をのばす。

はるはぐっと奥歯を嚙みしめて、食べるみんなを見守った。

治兵衛は歯で串から豆腐田楽を引き抜いて、咀嚼《そしゃく》する。

「うん」

ひとつ、大きくうなずいた。治兵衛の「うん」が出るのは、美味しいと思ってもらった証拠だ。治兵衛は、美味しいければ美味しいだけ、無言になる。

「こりゃあ、どうなってんだ。ふわっふわじゃあないか」

と、囓《かじ》るなり声をあげたのは彦三郎だ。

「本当に。表面はかりっと焦げ目がついてて、でも噛みしめるとふわふわで。こんな噛み心地のもの、はじめて食べる。これって本当に中味は豆腐なの？」

おきくも目を丸くした。

「はい。豆腐と、それから鶏の肉を細かく刻んだものと片栗粉を混ぜてます」

「はるさん、こりゃあ旨いよ。口んなかに旨い汁がぎゅっと溶ける。田楽味噌の味もよーく合う。豆腐田楽って言われなけりゃあ、まったく別な食べ物かと思うけど」

旨いという言葉にほっとして、

「それぞれ割合が違うので、全部の串を食べてみてください」

と言うと、治兵衛が「ううん。旨いがねえ」と食べ終えた串を皿の傍らにそっと置いた。

次の串に手をのばすから、美味しくないわけではなさそうだ。けれど眉間のしわが深くなって、どうにも怪訝そうな顔である。

「美味しいけれど、駄目ですか」

ひそっと聞くと、

「これはどこをどうやっても豆腐田楽とは違う食べ物だ。以前、あたしは料亭で、変わった食べ物として、昔から伝わってる灯心焼きってものを一度だけいただいたことがある。それに近いよ。灯心焼きはもっと荒々しい味で、蠟燭《ろうそく》みたいに一本の棒になってなかに串を通して焼いた、細かく刻んだ雉《きじ》の肉だったが……」

と返事をされた。

「駄目ですか」

もう一度、そう聞いた。

「駄目じゃあない。駄目じゃあないんだ。美味しいよ。だけど、豆腐田楽だって思って頼んでくれたお客さんがびっくりしちまう」

治兵衛は次の串もぺろりと平らげ、嚙みしめながら考えている。「うーん」とうなりつつも、治兵衛の手も口も止まらない。止まらないから、治兵衛にとってこの豆腐田楽は絶対に美味しいものなのであった。

「団子にしないで一本の棒にしましょうか」

「そうだね。串をもっと太めにして、団子じゃあなく、ぐるっとまとまった棒にしたほうがいいかもしれないね。はるさん、灯心焼きは食べたことがないのかい」

「ありません。これは、おとっつぁんが作ってくれた鶏団子の鍋を思いだしながら、豆腐と混ぜた新しい献立のつもりで出したんです。焼いたやつは見たことないから、自分がはじめて作ったもんだと思ってました。だけど……これって、すでにこの世にある食べ物だったんですね……」

知らなかったのは、どうしようもない。

はるは物知らずで、ただ食べることが好きなだけの田舎者だ。料理の知識もなければ、料亭にいったこともないのだから、知らないことはたくさんある。

が、自分がはじめて作りだしたと思って治兵衛たちに出したのに、昔からずっとあるものなのだと聞くと、恥ずかしいし、悔しくなった。創意工夫が得意だと自負していたが、どこかの見知らぬ誰かの模倣になっていたのだ。

納豆汁だって笹寿司だって、はるがはじめて考えて作ったものじゃあないのだしと思っていたのに——みんなにおだてられているうちに、もしかしたら、新しいものを作れるんじゃあないかと図に乗ってしまっていたようである。

「なにより、違う名前にするべきだ。これは田楽茶屋で真似ができるしろもんじゃあない。使う具材が違うから、仕入れ先をまず探せやしないだろう」

しかしなるほどねえ、と、治兵衛が感心したようにうなって、続けた。

「はるさんだけのものを工夫して、真似されるものを作りなさいって言ってみたら、あたしが知ってるけど、はるさんが知らなかった、すでにある料理が出てくるなんてこともあるんだねえ。本当の意味で〝最初の一品〟っていうのを作りだすってのは難しいもんなんだな。あたしは、料理ってのをかなり甘くみていたよ」

「……はい。わたしもです。わたしも、料理というものを甘くみていた気がします。ひとつひとつ精進だし、わたしには知らないことがたんとある。もっともっと工夫が必要ですよね」

嚙みしめるようにそう言うと、治兵衛が、ふっと小さく笑った。

「豆腐田楽を作ってみなさいと言ったのとは違ったが、はるさんらしい串なことはたしかだよ。先に火を通して作り置いて、お客さんが来たら炙ってすぐに食べるっていうのも、うちみたいな店にはちょうどいい。仕入れはしちまったんだろうし、今日はこれを出すといい。はるさんは鶏の料理が旨いし、うちの店にくる客は、そんなはるさんの味に馴染んでる。初手がこれならびっくりされるが、もう、こってり納豆汁で、鶏も旨いってみんなの舌を納得させてるんだ。そういうのは大切だ」

「はい」

「きっとこれも、名付け方次第で評判になるよ」

さて、名前はなにがいいかねえ。

治兵衛が首をひねって呻吟《しんぎん》する前に、先に食べ終えた彦三郎が紙と絵の具と絵筆をさっさと準備している。

なかなか口を開かない治兵衛に、彦三郎がさらっと告げる。

「さっき治兵衛さんが言ってた灯心焼きがいいんじゃあないか。今回は、はるさんが、よその店の味を真似するんだ。それはそれでいいじゃあねぇか。豆腐を入れたのははるさんだけの工夫だ。そこに田楽味噌だ。これはもう、はるさんの味だ。単純に〝灯心田楽〟がすっきりすると俺は思うがね」

紙をはらりと敷いて、手でのばす。

「そうだ。〝ふんわり灯心田楽〟だ。どうだい？　なかに串の芯《しん》を入れて、この豆腐と鶏をつくねたもんを蠟燭みたいにして炙るんだ。はるさん、そういうふうに描くから、早くそれを作っておくれよ。俺はこの二番目に食べた串がいっとう好きだったな」

彦三郎は絵筆を片手にうっとりと「早く食べたいなあ。もう一本。次は蠟燭みたいな形のやつを」とつぶやいた。

「いい名前だ。それにしよう。あたしも二番がよかったよ」

と治兵衛が告げて、おきくも、

「私も二番がよかったです」

と、ちゃっかり話に割り込んで、笑っていた。


おきくはしばらく『なずな』にいたのだけれど、彦三郎が絵を描きだしておきくのことをかまいもしなくなると、帰っていった。

はるは、菜を見世棚に置き、青柳の串と灯心田楽もすべてあとは炙るだけで出せるように作り置いた。

そして外へ運び出した床几を台に見立て、そこに並べた稲荷笹寿司を前に、大きく声を張り上げる。

「美味しい稲荷の笹寿司ですよっ。お花見のお弁当にいかがですか。日保ちもするし、歩きながらでも食べられる。どうですか」

朝はまだ涼しかった風は、お日様にぬくまって、ふわりと優しい肌触り。あちこちの軒先を覗きながら、大川橋へと進むのは、向島の花見の客だ。

台の横に飾ってある花瓶の桜は、彦三郎とおきくが手にしていた桜の枝だった。彦三郎が木から落ちたときにうっかり折ってしまった枝を、そのままにするのはしのびないと、拾って持ち帰ってきたと言っていた。「桜ってのは折ったあとはそこから病気になりやすいって聞いたんだ。あの桜がなんともないといいんだけどなあ」なんて、彦三郎は、自分の怪我より桜のことを気にかけていた。

ふた枝だけれど満開の桜というのはたいしたもので、道を歩く人びとの目は桜の枝に引き寄せられる。

はるの呼びかけに足を止めた客が、そこに貼ってある彦三郎の絵を眺め、

「稲荷笹寿司ってなんなんだい」

と声をかけてきたら、こっちのもの。

「はい。笹の葉にくるんだ押し寿司です。中味は甘辛く炊いた油揚げです」

「それで稲荷で笹寿司か。一個いくらだい」

「ひとつ四文です」

「安いじゃないか。なかに入ってるのは、おからじゃあないのかい」

「ちゃんとしたご飯ですよ」

「よし。買ってこう」

懐から銭を取りだす客に、はるは笹寿司を渡す。

そうやって、次から次へと笹寿司を売っていたら、隣に彦三郎がやって来た。

手にしているのはざるの上に笹の葉をあしらい、そこに青柳の串と灯心田楽を綺麗に盛り付けたものである。笹寿司の横にとんと置き、笑顔で「笹寿司と一緒に串もどうだい。これも歩いて食べられるし、酒のいいアテになる。持ちやすいように、笹の葉で、ひとつに包んでやれるよ」と売り込んだ。

「よし、それももらおう」

と言った客に「はいよ」と、笹の葉で串をくるんで紐をかけてぶら下げられる形に仕立てて渡す。経木がないと思って弁当は諦めていたが、樽にある笹の葉と紐ひとつで、持ち歩きができる弁当に仕立てられるのか。

はるが感心していたら「治兵衛さんが、そうしろって。俺が思いついたんじゃあないよ。俺は手先が器用だから紐も結べるだろって追いやられてさ」と横顔で笑う。

そのまま、ふたりで並んで笹寿司弁当を売り続けた。

すぐに盛り付けていたざるが、空になる。その度に、次の笹寿司を盛り付けに店に戻る。それを何度もくり返しているうちに、店の厨に積まれていた五升分の笹寿司の山がみるみる減った。串焼きと灯心田楽も、笹寿司ほどではないが売れている。張り上げ続けた声が枯れて、からからだけれど、胸につかえていた漬物石みたいに重たい心配と弱気の虫は吹き飛んだ。自然と、店と外とを往復するはるの足取りも軽くなる。

ざるに新たに笹寿司を山盛りにして外に出ると、いつのまにか熊吉が、彦三郎の横にちょこんと座っていた。天秤棒が傍らに置かれ、熊吉はなにやら深刻な顔つきで彦三郎のことを見上げている。

「熊ちゃん」

と声をかけると、熊吉が振り返ってはるを見た。

「熊ちゃん、もう商いは終わったの」

はるが聞く。

「うん」

「じゃあ、ご飯、食べてって。稲荷笹寿司もたんとあるから、それをおっかつぁんに持ってってちょうだい。みんなが花見ついでにうちの笹寿司を買ってってくれるから、夜まで残らないかもしれないの。いまのうちよ」

「うん」

熊吉がちらりと彦三郎の顔を仰ぎ見る。

彦三郎は笑顔で熊吉に、

「熊吉に、ひとつお願いがあるんだよなあ。食べ終わったら、ぼてふりで向島にいって、花見の客に今日の稲荷笹寿司弁当を売ってきてくれないか。もちろんただで手伝えなんて言わないよ。売れた弁当の二割がおまえの駄賃だ」

と持ちかけた。熊吉は今度、はるの顔色を窺うようにちらりと見上げる。

「本当は俺がやりたかったけど、今朝方、酔っ払って木登りして落ちちまって、足をひねったんで天秤棒担いで歩けないのさ。この顔の怪我も、木から落ちたときのもんで、この桜は落ちたときに折っちまったのを慌てて持ち帰ってきたもんなんだ」

「なにしてんだよ、あんた」

熊吉は顔をしかめ、呆れた顔になった。

「情けないけど、俺のかわりに、頼むよ」

拝むようにして彦三郎が言うと、熊吉は、

「仕方ないなあ」

とうなずいた。

「助かる。じゃあ店んなかでとっとと食べてきちまいな。治兵衛さんに言ったら、おまえの天秤棒の桶《おけ》に弁当をのっけてくれるから」

「うんっ」

熊吉が「治兵衛さん」と呼びかけながらも『なずな』の暖簾をくぐり抜けていった。

彦三郎はばつが悪そうにはるを見て、頭を掻《か》いた。

「悪いね。勝手に話を進めちまって。なんでか、熊吉のやつ『なずな』はつぶれないよねってやたら心配そうに聞いてくるから、そんなに心配なら店の手伝いをしてくんなって、いま、話しててさ。ちょうど俺の足も痛いことだし俺のかわりに売ってきてって……。って、これを〝ちょうど〟って言うと治兵衛さんに叱られっちまうけど」

「はい」

彦三郎は、こういうやり方で背中を押すことのできる人なのだと、はるは思う。自分を下げて、相手を上げる。

熊吉が心配そうにしていたら「心配なら手伝いなよ」とさらりと言える。人を頼ることを知っている。だから頼られることにも身構えない。ふわふわとして、のらくらとしているのに、なぜか、ここぞというときにはるに必要なことをやったり、言ったりしてくれる人。

「そういえばさ、はるさん。はるさんはまだ向島の花見にはいってないんだったよな。今夜あたり、夜桜を見にいこうか。弁当を買ったみんながどんな景色を見てるかっていうの、はるさんも気になるだろう」

「え」

「あ、もちろんふたりきりでなんて言わないぜ。与七と、あとは、はるさんの仲良しのおみっちゃんも誘うといい。だってあれだろう？　おみっちゃんは与七に、ほの字だろ」

「おみっちゃんの気持ち、なんでわかったんですか」

与七本人が気づいてすらいないのにと驚くと、

「俺は絵師だぜ。顔や仕草に出てる人の気持ちの見分けはつけられるさ。じいっとなにもかもを観察して、それをすべて筆で描くんだからさあ。与七はあれは鈍いから、まわりが教えないと気づきゃしねぇし、おみちがぐいぐいと押していけるほうならまとまりそうだけど……」

だったら、と、はるは思う。

はるの今日の、彦三郎に対しての戸惑いや、おきくに向かってもやもやと抱いた名づけられない感情も、見てとっているのだろうか。

はたしてこれは恋なのか。

はるは、自分の心の芯にぽうっと灯《とも》った小さな気持ちの名前と、出所を、いまはまだ、つきとめられずにいるのであった。

第二章　鯉のあらいと初鰹

朝顔の苗や、夕顔のなーい
とうもろこしの苗や、へちまのなーい
遠くから苗売りの呼び声が聞こえてきて、はるは店の暖簾《のれん》をかかげる手を止めた。

「もうそんな時期なのね。そりゃあそうか。こないだは灌仏会《かんぶつえ》で浅草もたいそう人で賑《にぎ》わってたものね」

灌仏会はお釈迦《しゃか》さまの誕生日。四月八日。その日は御堂《みどう》にありとあらゆる種類の花を飾り、仏さまの像に甘茶を注いで身体健全や諸願の成就を願うのである。

はるも寺院まで足をのばし、安置されていたお釈迦様の像に手をあわせ、ありがたく甘茶を注いできた。はるがお釈迦さまに願ったのは、周囲のみんなと、いまだ会えない兄の寅吉の健康だ。

「どうしたんだい、はるさん」

と店のなかの治兵衛がはるに声をかける。

んです」
「なんでもないです。苗売りが向こうを歩いていたから、もうそんな時期かと思った

暖簾をかけ、店名を書いた行灯《あんどん》を外に出す。

「そんな時期さ。なんせ初鰹《はつがつお》が魚河岸で出たんだからな。江戸っこみんなが目の色を変えて町じゅう走りまわってる」

卯月《うづき》半ば。

毎年のことだが魚河岸での初鰹の競りの値段に江戸っ子たちは目を剝《む》いて「今年は高い」「いや、高くても初鰹はやっぱり食いたいね」「競り落としたのはどの店だい」と言い合って、初鰹を出している店に早速出向いて舌鼓《したつづみ》を打つのである。

「江戸のみなさんは、初物が本当に好きですよね」

黒潮にのって北に移動する春から夏の鰹は「のぼり鰹」。あっさりとした味が特徴で、江戸のみんなはこの、のぼり鰹が好物だ。そのなかでも「初鰹」は特別で、はしりで、高額で取引される鰹をみんなしてありがたがる。

「わたしは戻り鰹も好きなんですけど……」

戻り鰹とは、春とは逆で、秋口に南に戻っていく鰹のことである。戻り鰹は冬に向かい、しっかりと脂がのって太くなりこってりとした味になっている。

「あたしは戻り鰹はいただけないねえ。口んなかが脂っぽくなっちまう。かといって、のぼり鰹もあたしは得意じゃあないんだけどね。わかってないってまわりに思われちまうのも面倒くさくて、言ったことはないけどねぇ」

「そうなんですか」

とはるが言い、店の端で黙って座っていた彦三郎がぷっと噴いた。

彦三郎はいつものように治兵衛と一緒に『なずな』にやって来て絵筆と紙を取りだして、今日の献立絵を描いている。もうすっかり『なずな』の一員だ。治兵衛は毎回「俺はおまえを雇い入れた覚えはないんだよ。どうして毎朝、一緒についてくる」と小言を言うが、それでも追い出しはしないのであった。

「なんだい。彦」

治兵衛が彦三郎を睨《にら》む。

「治兵衛さんでも人の目を気にすることがあるんだなあって思ったら、おもしろくなって」

「あたしをなんだと思ってるんだ」

「治兵衛さんだって思っているよ。だけど治兵衛さんは鰹節の出汁《だし》は好物じゃないか」

「ああ。出汁は好きさ。けどね、初鰹はただただ高すぎるんだよ。その、高い、初物を食べるのが粋だって言われりゃあそうなんだろうが」

治兵衛がむっつりとそう言った。

「そうですよね。高すぎる。とてもじゃないけど、うちでの仕入れは無理な値段です」

はるも真顔で同意した。

『なずな』は、つましい商いをする一膳飯屋《いちぜんめしや》。高価な初鰹はとうてい手が出ない。

「俺は、のぼろうが戻ろうが鰹は好きだよ。鰯《いわし》も好きだし鯉《こい》も好きだ。それでもって初鰹はたしかに高い」

「彦、おまえには自分の意見ってものがないのかい」

すべてに同意してのけた彦三郎に治兵衛が眉《まゆ》をつり上げる。

彦三郎が、ふふっと笑った。

「俺の意見をたまに言うと、治兵衛さんはいつもものすごく怒るじゃあないか。それに、俺は、鰹も鰯も鯉もみんな好きなんだって。どれも旨《うま》い。しかもはるさんが作ってくれたら、なんでも旨い。ところで、鯉ってのは、こう見たら、ずいぶん色っぽい食べもんだねぇ。名前もいいね。こい」

ふうっと息を吐くようにつぶやかれた「こい」のひと言が、はるの胸の内側をさらりとなぞっていく。

そのひと声が切なく聞こえたのは、彦三郎の言い方のせいか。それとも聞いているはるの気持ちのせいか。

こい。

江戸のみんなが初鰹を求めて右往左往しているただなか、今日の『なずな』で出す魚は、鯉であった。

泥くさいとか、藻の匂《にお》いが気になるとか、さんざんな言われようもする鯉ではあるが季節を問わずいつでも手に入り、滋養がある。

綺麗《きれい》な水で育てた鯉は絶品なのだ。

あらいは、刺身とは違う料理。薄く切った鯉の身から小骨を手早く抜いて、ひと肌よりもう少し高い温度の湯で洗う。そうすると湯が冷めていくから、そこに沸騰間際の湯をさらに足していく。そして、さっと色の変わった鯉の身を手早く取りだして、今度は冷たい井戸水をさらさらとかけ流す。

薄切りの鯉の身が冷えたところで、ざっとざるに空けると、鯉のあらいのできあがりだ。

湯と水とで丁寧にあらわれた薄切りの鯉の、こりっとした歯ごたえと、旨味がこの料理の肝である。

盛り付けると、皿の模様が透けて見えるくらいの薄切りが、はるは好きだ。皮側は赤く、腹に近い身の部分は白く透明で、あらいの一切れは花びらのように美しい。だからはるは、盛り付け方を工夫して、満開の花のように重ねている。

田舎料理と言われがちだが、鯉のあらいは手間暇もかかるし、見た目も味もなかなかに乙な一品なのである。

彦三郎が描いてくれた鯉のあらいの献立絵は、店の外に貼《は》りだした。

「初鰹みたいにみんながおいしいって言ってくれるといいけれど」

はるがつぶやき、『なずな』の一日が、はじまった。


鯉のあらいの献立絵は店内の壁の目立つところにも貼っているのだが、初見の客たちの反応は芳《かんば》しいものではない。

現れる客たちの第一声は、

「初鰹はないのかい」

である。

今日はそういう一日なのだ。おそらくあと二、三日は、誰もが同じ言葉を口にする。

「初鰹はないんです。かわりといってはなんですが、鯉のあらいがありますよ」

とすすめるはるに、

「鯉は好きじゃあないんだよ。冬場の鯉こくは、いろんなものが混ざって臭みも消えて食べられるし、あれは薬だって思ってるが、あらいはなあ。あの歯ごたえが苦手でねえ」

と、ふりの客が眉をひそめた。そのかわりに鰯を甘辛く煮付けたものと見世棚《みせだな》のきんぴらごぼうで炊きたてのご飯を頬張《ほおば》ってくれたから、それはそれでよかったのだけれど。

忙《せわ》しなく客が訪れ、さっと食べて、ぱっと出ていく。

春から夏に変わっていく風の心地よさを味わいたくて、戸は開け放したままである。暖簾が風に揺らされて翻り、ずっと向こうに柏《かしわ》の葉を売るぼてふりが歩いているのが見えた。

端午《たんご》の節句の前は、柏の葉の売りどきだ。

「ありがとうございました」

と、はるは頭を下げて客を見送った。

そうしているうちに、なんの加減か、すっと客が入れ替わり、馴染みの客たちが、示しあわせたように暖簾をくぐったのは昼八つ（午後二時）の刻《とき》のとき。

彦三郎は朝からずっと『なずな』の片隅だ。客たちの邪魔にならないように座り込み、ものを食べたり、話したり。忙しくなって、はるや治兵衛の手が足りないとなると、すぐに手伝いに立ち上がる。だからといって給金をもらうでもない。不思議な存在なのだが、治兵衛もはるも、そして馴染《なじ》みの客たちも、なんとなく「彦三郎はそういうもんだ」と受け入れるようになっていた。

そういうものとはどういうものだという話ではあるのだが。

まず最初に来た馴染みの客は、戯作者《げさくしゃ》の冬水としげの夫婦だ。

ふたりが小上がりに座ったと同時に、暖簾をくぐって久しぶりに顔を出したのは、同心の笹本《ささもと》である。笹本は店のなかを見渡してから、小上がりの、冬水たちの隣にきっちりと背筋をのばして席を取る。

「いらっしゃいませ」

と声をかけたところで、今度は長屋の住人である加代《かよ》がひょいと入ってきた。加代は三味線《しゃみせん》の師匠《ししょう》である。もとは深川の芸者で、そのせいか、七十歳を越えたいまでも仕草やまなざしからふわりと色香が滲《にじ》みでて、男たちをどぎまぎさせている。

加代は床几《しょうぎ》に座ると「さっぱりしてるけど栄養のあるものを食べたいと思って来たんだよ。なにがあるんだい」と、壁に貼られた献立絵を見回した。

全員が一様にくるりと献立絵を眺め、頼む料理を見定めている。

「おや。鯉のあらいがあるのだな」

普段は無口な冬水が、つぶやいた。

「それをもらおう。鯉のあらいがあるなら、酒も欲しいな。酒は燗《かん》じゃあなく、冷やでいい」

すると、しげが「鯉は、あたしはそんなに好きじゃあないんだけどねえ。ちっちゃいときに親戚《しんせき》のうちで食べさせてもらったんだけど、泥くさくってさあ」と眉根を寄せた。

しげは、戯作者である冬水の妻。冬水としげはおしどり夫婦で、いつもふたり連れで『なずな』を訪れる。巨軀《きょく》で強面の冬水と、はんなりとした美女のしげという取り合わせは、よく目立つ。

「あんたもあたし同様、鯉が苦手だと思っていたよ。だって、いままで鯉のあらいを食べようって言ったことなかったのに、どういう風のふきまわしだい」

しげが不思議そうに冬水に尋ねると、

「鯉のあらいは、あたりはずれがあるものだからな」

と冬水が重々しくそう告げた。

「あたりの鯉のあらいは、旨いんだ。酢味噌《すみそ》をつけて口のなかに放《ほう》り込むと、さっぱりとした酢としおからい味噌と鯉の甘い味がみんな一緒になって、たまらない。歯ごたえがあるのも、いい。『なずな』の鯉のあらいが、あたりか、はずれかは試してみないとならないよ」

「へえ。あたりはずれがあるもんなんだ。じゃあ、ちょいと食べてみたい気持ちになるわねぇ。はるさんのお手並み拝見ってことね」

「うむ」

いきなり「お手並み拝見」になってしまった。

「鯉のあらいですね。お待ちください」

はるがうなずく傍らで、治兵衛が酒の用意をする。

鯉のあらいは、鮮度が大事だ。注文を受けてから、鯉をさばいて、湯で洗ったり、冷たい水でしめたりと手数がかかる。はるが手を動かしているあいだも、冬水はしげに鯉のあらいについて説明している。

「まず、鯉を捕まえた場所の問題がある。綺麗な水の池で捕れる鯉と、濁った池で捕れる鯉とでは味が違うのだ。鯵《あじ》や鰯は、素人の家庭の味も、料亭の気取った味も大差ないといえば大差ない。どこで食べてもだいたい旨い。けれど鯉は違う」

冬水は好きな食べ物のことになると突然饒舌《じょうぜつ》になる。美味《おい》しい料理を食べた直後も饒舌になり、さすが戯作者だと思わせる言葉遣いで料理について賛辞を述べてくれるのだ。

冬水の「旨い」とそこからはじまる蘊蓄《うんちく》を聞くと、はるの身は引き締まる。

「ちゃんと作った鯉のあらいは、身がしっかりと引き締まって、こりっとした歯触りのあとで舌のなかで旨味が弾《はじ》けるんだ。口んなかに骨が刺さるようなのは、鯉のあらいを名乗らせてはならないよ。小骨が残るような、あらいを出す店は所詮《しょせん》は素人だ。それから鯉のあらいのいちばんの肝ってのはじつは酢味噌でね。ちゃんと料理された鯉はなんの臭みもないし、歯触りと舌触りがいいだけで、魚の旨味しかないしろものなんだ。だからこその酢味噌」

「そうなのね」

しげだけではなく、店にいる客たちみんなが冬水の話に聞き入っている。

「酸っぱすぎると鯉の味を邪魔するし、しょっぱすぎるのも当然駄目だ。甘みはもちろん、鯉の味に寄り添うようなものじゃあないとしつこくなる。噛《か》みしめるたびに、口んなかで、酢味噌と鯉が寄り添うような、その味加減が大事なんだ」

冬水がうっとりとした顔で説明をするものだから、みんなの顔が、鯉のあらいを作るはるに向けられた。

はるは緊張しながら、鯉のあらいを花びらのように皿に盛り付ける。小皿に味噌と酢とみりんに砂糖で作った酢味噌を用意し、鯉のあらいと一緒に冬水夫婦のもとに膳を運ぶ。

「お好みで辛子も酢味噌に混ぜてください」

辛子抜きの普通の酢味噌も美味しいと思うが、途中で味をかえたくなったときには、なにかひと足しするといい。

「うむ」

と冬水がうなずいて、しげは鯉のあらいの大皿盛りに、手を打ち合わせて声をあげた。

「あら、綺麗ね。鯉って聞くと、野暮ったい料理だと思ってたけどさ、鯉を薄切りにしてこうやって並べると、花が咲いたみたいで華やかじゃないの」

「はい」

箸《はし》をつけたしげは「美味しい。本当に臭くないのね。酢味噌の味がさっぱりとして、鯉は噛みしめると甘くて」と目を丸くする。

最初の一口をしげに譲って、冬水が箸をのばす。

とろりとした黄みの強い酢味噌にちょいっと薄切りの鯉のあらいをつけて頬張った。

途端に、普段は眠っててでもいるような細い目がかっと大きく見開かれる。

「……うむ。こいつは旨い。骨もないし、この歯ごたえで、しかも酢味噌の味がきちんとあらいを引き立てて」

箸を置いて、次に冷や酒をくいっと飲む。

「口のなかで噛みしめるときのこの、自分にしか聞こえない音がいいんだ。美味しいものをいただいているんだなって身体《からだ》が喜んでいる音だよ、これは。それを酒できゅっと押し流す。こいつは至福だ。口福だ」

「はるさん、これはよいお手並みでした。……っていうことでしょう？　あんた」

悪戯《いたずら》っぽくはるに目配《めくば》せしながら、しげが冬水にそう聞いた。

「うむ」

はるがほっと胸を撫《な》でおろすと、笹本が「こちらにも鯉のあらいを頼みます」とはるに言った。

加代も「そんなふうに食べるところを見ちまったら、あたしも鯉のあらいが食べたくなるじゃあないか。だけどひとりでその量は多い。年をとったせいかそんなにたくさん食べられなくなっちまったからね。それに他のものも少しずつ食べたいんだ」と考え込んだ。

「でしたら、一緒に食べていただけますか。私も、半分くらいがちょうどいいと思っていました」

笹本が加代に声をかける。平袴《ひらばかま》に帯刀の立派なお武家さまの笹本は、剃《そ》られた月代《さかやき》も清々《すがすが》しい男前。小石川《こいしかわ》にある幕府が管理する御薬園《おやくえん》勤めの同心であるが、武士であることを鼻にかけてえらぶることが一切ない。

そもそも笹本は治兵衛とのつきあいが長く、はじめは彼を慕って『なずな』を訪れてくれたのだ。が、はるの作る料理の味が気に入って、たまにこうやって顔を出してくれるようになった。

笹本は本当の意味での褒め上手。嘘《うそ》やいつわりを言うことがなく、美味しいものを食べると「美味しい」と顔でも口でもまっすぐに賞賛してくれる。いまひとつのものを口にしたときには、わかりやすく不満そうだったり、困ったような顔になる。

なんでも褒めてくれるような客が馴染みの客でなくてよかったと、はるは思っている。

治兵衛もそうだが「まずい」と思ったものは「まずい」と言ってくれる相手がいてこそ、美味しい料理を作る気構えを得られるというものだ。

加代が笹本に「いいのかい。そうしてもらえると助かるね」と嬉《うれ》しそうに返事をした。

「もちろんですとも。じゃあ、はるさん、こっちにも鯉のあらいをお願いします」

「冷や酒も頼むよ」

笹本と加代の注文に「はいよ」と治兵衛がうなずいた。

和気《わき》藹々《あいあい》とした和やかな店内に、

「初鰹はないのかい」

と今日何人目かわからないことを言いながら、八兵衛が入ってきた。

四角い顔に団栗眼《どんぐりまなこ》の八兵衛は同心の手伝いをする岡《おか》っ引《び》き。はるが『なずな』に来た当初からずっと『なずな』を贔屓《ひいき》にしてくれるありがたい馴染みの客だ。岡っ引きだけでは稼げないから、空いている時間に羅宇屋《らうや》をやっている。

今日は羅宇屋の仕事の途中のようで、道具の入ったはこを背中に背負っている。

「どこに目ぇつけて歩いてるんだい。うちの壁と、店の外に献立の絵が貼ってあるのを、よおく見な。そこに描いてないもんは、うちにはないんだ」

と冷や酒の徳利《とつくり》を笹本と加代に運びながら、治兵衛が即座に応じる。

けんもほろろの客あしらいはいつものことだ。しかし、いまは馴染みの客しかいないとはいえ、第一声がそれでは八兵衛も他の客たちも気を悪くするのではと、はるはおろおろとみんなの顔を窺《うかが》った。

「治兵衛の旦那は、またそんな喧嘩《けんか》腰《ごし》かよ。こちとら客だぜ。そうだよなあ、はるさん」

「はい。あの……」

鯉をさばく手は止めてはならないから、ふたりのあいだに割って入れない。どうにかして欲しくてずっと黙って座っている彦三郎を見ると、彦三郎は大丈夫だよとでもいうように、はるに向かって微笑《ほほえ》んだ。そんなにふわふわと笑って見ていて、いいのだろうか。気が気ではない、はるである。

「悪いねえ。治兵衛さんがこんなで」

彦三郎が八兵衛に謝罪して、治兵衛は「なんであたしのことを彦があやまるんだい。こらっ」とむっとしている。そうしたら、その場にいるみんなが「まあまあ、治兵衛さん」と治兵衛を宥《なだ》めだした。加代や笹本に宥められたら、治兵衛も、それ以上はうるさくは言わないのである。

彦三郎はうまくまわりを取り込んで、ふわふわとひとりで笑っている。

そんな彦三郎を横目で睨《にら》み、治兵衛が、

「高い初鰹はよそで食ってきなさいよ。最近、八兵衛は馴染みの船宿ができてそこでしこたま酒を飲んで旨いものを食べているって聞いてるよ。升田屋《ますだや》さんの初鰹はさぞかし高くて、旨かっただろうさ」

と八兵衛に告げた。

船宿は、宿の文字がついてはいるが、宿屋ではない。人や荷物を運ぶための猪牙舟《ちょきぶね》と船頭たちの采配《さいはい》をするための場所である。といっても吉原遊郭《ゆうかく》が目と鼻の先の花川戸という土地柄もあって、近辺の船宿は大人の男の社交場という一面も備えている。船宿にはたいてい立派な厨《くりや》がついていて、腕のいい料理人が雇われている。舟を利用する客たちのなかには、二階の座敷で美味しい酒とつまみに舌鼓を打ち長居する者も多いらしい。

「なんでおいらのよそでの飲み食いがばれてんだ。誰がご注進してんだよ。待ってくれよ、悋気《りんき》な女みたいな言いようじゃねぇか。はるさんに言われるならまだしも、治兵衛さんにそんなこと言われても怖いだけだぜ。おい」

八兵衛がそう言い返して、床几に座る。背負っていた羅宇の道具箱を床に置く。

「いいじゃねぇかよ。升田屋は、おいらの馴染みの船宿なんだ。最近、料理人が変わって、出す料理はたいしてぱっとしねぇが、船頭連中の腕はたしかだ。こちとら岡っ引き稼業もやってんだ。船宿で猪牙舟で夜中うろついてる連中のなかに、下手人がいるかどうか聞き込みもしなきゃなんねぇし、情報屋も飼ってんだよ。初鰹はそのついでだ、ついで。しかも、升田屋は本当に料理はぱっとしねぇから、せっかくの初鰹なのに、ちっと、こう」

ぱっとしないを二度言って、八兵衛は渋い顔になって言葉を濁す。

治兵衛が耳に手をやって「言い訳が多い。うるさいよ」と眉根を寄せた。

「いよいよおいらの古女房みたいな仕草じゃねぇかよ。俺にはまだ嫁はいねぇってのに、やめとくれ。いいかい、女房子どもを質に入れても食うのが初鰹だろ。おいらには、女房も子どももいやしないけど、だからこそ食わないことにはやってらんねぇってわけよ。高いは高かったが、この贅沢《ぜいたく》のために毎日働いてるんだ。綺麗な色した、いい鰹でよお……。そりゃあ旨そうだったことだけはたしかだぜ。ただなんだか、いまいちでよう。……ああ……食い直したい。食い直したいんだよ、初鰹の旨いやつをよ。出してくれよ、はるさん」

八兵衛は語っているうちにしおしおとうなだれだす。

「だからうちには初鰹はないんだよ。今日は鯉のあらいを冬水先生が旨いって褒めてくれたんで、笹本さまもお加代さんも、鯉のあらいで冷や酒にしようってことになったんだ。俺も今朝にいただいたけど、はるさんの鯉のあらいは絶品だったよ。八《は》っつぁんもどうだい」

彦三郎が笑って言った。

「まあ、それに鰹だったら、あと半月からひとつきお待ちよ。それくらい経《た》てば鰹も『なずな』で手が出る値段になる。初物じゃなくなっても、のぼり鰹は旬だからね。あっさりとした赤身の鰹に辛子をつけた刺身以外のやり方で、はるさんが旨く料理してくれるに違いないよ。ほら、はるさんはおもしろい料理を作るから」

と、続け、はるは目を白黒させる。

今日はみんながはるの料理を持ち上げてくれる。慌てて「あの、そんなすごいものはできないかもしれません。鰹の料理には、わたし、疎いんです。初鰹なんて食べたこともないし」と弱気でつぶやくと、治兵衛がはるに顔を向けた。

「いや、そんなこたあないだろう。はるさんだったらきっとおもしろくて、美味しい料理を作るんだ」

と、にっと笑って店の客たちを見回した。

八兵衛と彦三郎が「お」と目を丸くした。冬水はいつもと同じだが、しげが「あら、治兵衛さんそんな笑い方をすると、なかなか人好きのするいい年寄りに見えるじゃあないの」と、思わずというようにつぶやいた。

加代も「治兵衛さんをそんな顔にさせるんだから、よっぽど美味しいものがでてくるんだろうねえ」と微笑んだ。

普段は眉間に深いしわを刻んだ怖ろしい閻魔《えんま》顔の治兵衛が、晴れやかな笑顔を浮かべたせいで、途端にこれだ。

たぶん治兵衛は、わかっていて、己の顔色を使いわけている。普段から仏頂面の治兵衛がたまに笑顔になると、みんなは「なにが彼を笑わせたんだ」と気になるものなのだ。いつも不機嫌顔な店主を笑顔にするような料理が出てくるのかと、期待を煽《あお》られたに違いない。

「ああ、よっぽど美味しいさ。じつを言うと、あたしは初鰹が得意じゃあなくてさ。もっと旨い食べ方があるはずだとつねづね思っていたんだ。そこんとこをね、きっと、うちのはるさんがくつがえしてくれると思っているよ。升田屋に負けず劣らずのぼり鰹を期待してくんな」

とんでもないことをしれっと言ってから、再びいつもの仏頂面に戻って「ねぇ、はるさん」と、はるに話の矛先を向けてきた。

「待ってください。それは責任重大すぎます。船宿の料理って、相当美味しいって聞いてますよ。そこの初鰹に並ぶようなものをわたしに出せなんて……」

思わず慌てたはるだったが『なずな』の馴染みの客たちはどっと沸《わ》いた。

「こいつは楽しみだ。そこまで言われちゃあ、待てねぇな」

八兵衛がぽんと膝《ひざ》を叩《たた》き、

「いや、待つわよ。だって待ってたら鰹は安くなるし、その安くなった鰹をおいしく料理してくれるって言うんですもんね。ねぇ、そんなの待つに決まってるわよね、あんた」

「うむ。待つ」

と冬水夫婦がうなずきあった。

「そりゃあ楽しみだねえ。楽しみに待つものがあると寿命ものびる」

加代が笑い、

「はい」

と笹本が深くうなずいた。

「笹本さまも初鰹がお好きなんですね」

と、のほほんと尋ねたのは彦三郎である。

「鰹は、勝つ、につながるので縁起担ぎですが武士は総じて好きですよ。勝《か》つ魚《うお》と言われれば、ここぞというときに食べたいものです」

真顔である。

「笹本さまは初鰹召し上がったんですか」

と、はるはついつい聞いてしまう。

「はい」

「やっぱり、皮をさっと炙《あぶ》って刺身で辛子で召し上がったんですか」

「ええ。はるさんだったらどういう料理にして出しますか」

「わたしだったら……」

考え込んだはるを見て、治兵衛がさっと話に割って入った。

「おっと、いけねぇよ。それは、うちの店で鰹が食えるようになってからのお楽しみだ。こういうのはね、待っているあいだに熟成して美味しくなっていくもんなんだ。はなからどんなものが出てくるかをばらしちゃあならない」

さすが治兵衛は、ぬかりない。

はるは零《こぼ》れ落ちそうなため息をぐっと胸の内側に押しとどめ、鯉のあらいを皿二枚にそれぞれ盛り付けて、酢味噌を添えて、笹本と加代のもとに運んだ。

その日の夜だ。

店を閉めたはるは『なずな』の板場に立って、明日の仕込みをしながら、ため息を漏らした。

「船宿っていうところにいったこともないし、初鰹を食べたこともないのに。どうしよう」

五升の米を炊いて笹寿司《ささずし》を作って以来、治兵衛は、はるに対して次々と試練を与えてくる。

「鰹……のぼり鰹。勝ち魚。たたきや刺身はどの店でだって食べられる。おとっつぁんが食べさせてくれた料理でなにかいいのがないかしら。甘辛く炊いたのも、下味つけて揚げたのも美味しかった。甘辛いのは、握り飯の具にしたり、ご飯に混ぜたりしていたわ」

でも、そういうのを求められているのではないような気がすると、首を横に振る。

「違うわよね。だって治兵衛さんがあんな言い方をしてしまったんだもの。みんな、わたしの鰹料理を待ってるあいだに、求める美味しさがどんどん上がっていくに違いない。びっくりさせるようで、それで美味しく、食べたことのないような」

みんなが食べたことのないような鰹の料理。

待っているあいだに熟成して美味しくなっていくような鰹の料理。

ぶつぶつぶつぶやきながら手を動かしていたら、勝手口をどんどんと叩く音がした。

「はい。どなたですか」

「俺だよ、俺。はるさん。八兵衛だ」

「八兵衛だけじゃ、はるさんが心配だからついてきた。隣の与七だ」

八兵衛と与七の声がして、はるは、勝手口にかけていたしんばり棒を外し戸を開ける。

ひょいっと顔を覗《のぞ》かせたのは八兵衛と与七、そして彦三郎の三人だった。

「どうしたんですか。みんなして、おそろいで」

店じまいのあとにこの三人が顔を出すなんて珍しい。ひとえにそれは、女のひとり住まいだからと、治兵衛が「夜にはるさんのところにいっちゃあならないよ」とみんなを戒めていたためである。

「ひとりじゃあ戸を開けてもらえないかと思って、八兵衛を呼んで、そうしたら八兵衛と俺じゃあなんだか危ない気がするから、自分もいくって与七が言って、それで三人そろっちまったんだ。悪いね」

と彦三郎が頭をかいた。

「悪かないですけど」

戸惑って応じると、

「はるさんが、船宿にいったことがないって昼に言っていたってさっき思いだしたのさ。初鰹を食べにいこう」

彦三郎が言う。

「え」

「ぱっとしない船宿だけど、升田屋は初鰹を出している。升田屋は昼にも言ったけど、料理人が春先にぽっくりいっちまってよ。いまは女将《おかみ》が仕方なしに板場に立っているんだ。まずい飯しか出てこねぇから初鰹もこれっていう味じゃあねぇが、それはそれで気の毒でって話を彦にしたのよ。そうしたら、はるさんなら、女将の料理を手助けしてくれるんじゃあないかって、彦がおいらをつつくわけよ」

八兵衛がそう続ける。

「彦三郎さんが？」

「はるさんは船宿で初鰹を拝めるし、女将ははるさんになにか言ってもらえりゃあ助かるし、一石二鳥だと思ったんだ。鰹をちゃんとその目で見て、触ったら、はるさんも美味しくて珍しい鰹料理が思いつくかもしれないしさ。なんにも手元にないのに、初鰹のすごい料理を出せってみんなに言われるのも大変だろ。で、八っつぁんに女将に伝えてもらったから、きっちり話は通ってる」

彦三郎の説明に、はるは目を丸くする。

「女将が板場に立っているんですか」

「ああ。素人で、なんの修業もしてない女将が、仕方なしにいまは仕切ってる。どう料理したらいいのかって、いつも困ってるって八っつぁんが言うわけさ。そんなふうに言われると、はるさん、他人とは思えないんじゃあないかい」

自分なんかが役に立つのだろうかと思ったが、それでもはると似たような立場で板場に立っている女将と、その料理は気になった。もしできることがあるなら助けたい。それに、彦三郎が察したように、はるはいま、鰹料理をどうするかで頭を抱え込んでいるところだった。

「と、そういうわけだから」

　八兵衛がまとめた。

「船宿の二階ってのはたいがい男が幅をきかせて酒を呑《の》んでて、女子どもはいねぇんだ。はるさんひとりじゃあ、おかしな男にからまれるかもしれねぇし、おいらはまあ用心棒だと思ってくれ」

　八兵衛が言うと、与七が「この用心棒は酔っ払うと信頼がおけないから、俺は、用心棒の用心をする役だ」と続ける。

「俺はなんの役にもたたないからせめて少しだけ銭を出すってことになった。ただで食わせてもらうってなると、はるさんも安心して食えないかもしれないからさ。助けになること言えないときは、普通に銭払って、帰ってくりゃあいいと思うと、らくだろう」

　と彦三郎が胸を張った。

「彦三郎さんがお金を？」

　はるは絶句する。優しさだけはたくさんあるが、銭だけはいつもない彦三郎が「銭を払う」役目をかってでるとはどういうことだ。

　彦三郎がはるの顔を見て情けなく眉尻《まゆじり》を下げる。

「そんな顔すんなよ、はるさん。俺だってたまには金を持っていることもある。はるさんの困りごとのためにひと肌脱ごうとしたのに、どうして咎《とが》める顔をするんだい」

「咎めてなんてないですけれど、でも彦三郎さんがお金を持ってるときっていままで見たことがないもんだから」

　するっと言葉が口をついて出て、八兵衛と与七が顔を見合わせ「はるさんなんて正直なんだ」「はるさんにかかると彦の男気も形無しだ」と笑いだし、彦三郎は「参ったなあ」と頭をかく。はるは慌てて「ごめんなさい」と頭を下げたのだった。


　長屋の木戸は夜四つ（午後十時）には閉まってしまう。しかも木戸番の与七が一緒に外に出かけるのだ。どうしてもそれまでには長屋に戻り、木戸を閉じねばならないからとせっつかれ、はるたちは急いで升田屋に向かったのだった。

　大川沿いにはいくつも船宿が建ち並んでいて、朝でも夜でも、ぎぃぎぃと音をさせて猪牙舟が行き来している。細くて先の尖《とが》った猪牙舟は行き先を定めるのも難しく、漕《こ》ぎ手の力量が試される。江戸は川の多い場所。しかも川には夜にしまる木戸がない。深夜であろうと川を伝えばどこにでもいけるのが、舟の良いところ。おかげで夜が更けても船宿は賑わっている。

だいたいの船宿は一階に帳場と調理場があり、二階に客間をしつらえている。舟には乗らずとも、ふらりと船宿に立ち寄って、二階の客間で酒と料理を味わって二階から川を眺めて悦に入る客も多いらしい。

八兵衛が懇意にしている升田屋は、五艘《そう》の舟持ちの小さな船宿だ。

「五艘っていうとちんけな船宿だと思うかもしれねぇが、船宿の肝はなんてったって船頭の腕よ。升田屋の船頭は粒ぞろい。気《き》っ風《ぷ》もよくて腕っ節もいい」

八兵衛が小走りで急ぎながらも、はるに升田屋について説明する。

「入ったらすぐに下足番が桶《おけ》を持ってくるから、はるさん、ちゃんと足を洗ってもらいなよ。船宿ってのは、泊る客はいねぇがそれでも宿だ。旅の途中の客も多い。草履《ぞうり》をあずかってすぐに、ぬるま湯で足をすすいでくれるのさ。はるさんはそんな性格だから〝足は自分で洗います〟って断りそうだ。まあ、断ってくれてもいいけど、向こうにしてみりゃそれが仕事だ。人の仕事を取り上げるのは失礼ってもんだ」

「はい」

「それに足をすすいでもらってるあいだじゅう、女将さんが帳簿を書いてくれるんだ。世間話ついでに、おいらたちの仕事や名前、なんのために船宿に来たのかってのを調べて、書いていく」

「なんで書くんですか」

不思議に思って尋ねると、

「なにかあったら奉行所に知らせるためにだ。書いた帳簿は、あとで、役人がきっちりと調べるわけさ。そこから読み取れることがたんとあるってことだ。悪事を働いて逃げるときに舟を使う輩《やから》も多い。船宿の二階は悪い遊びをするにも、悪巧みをするにも、ちょうどいい」

「そんな場所にわたしはこれからいくんですか」

はるの毎日とは真反対の場に、こんな夜に連れていかれるのかと怯《ひる》んだが「俺がいるんだから大丈夫だ。それに升田屋は俺の息のかかった船宿だから安心してくんな」と八兵衛が胸を張った。

話しているうちに升田屋に辿《たど》りつく。

看板を掲げた表口の格子戸をからりと開けると、衝立《ついたて》の向こうに座敷が見える。

下駄を脱ぐと、下足番がさっと走ってきて、はるの足下にかがみ込んで、湯をはった桶を差しだした。説明されたとおりである。仕事を取り上げてはならないと八兵衛に事前に言われていたから、素直に足を桶の湯に浸したが、それでも「自分で足をすすがせてください」と断りを入れた。見知らぬ誰かに素足を洗われるなんて、やっぱり恥ずかしいと思ってしまう。小声でうつむいたはるを見て「へぇ」と下足番が手を引っ込めた。

店の奥にどっしりとかまえている女将は目鼻立ちのくっきりとした押しだしの強い容貌《ようぼう》だ。眼光鋭くはるたちを見て、てきぱきと素性をあらためる。

「八っつぁんも、すみにおけないね。こんなかわいい娘さんと知り合いなのかい。見た感じまだお若いようだけど」

「こう見えて、年は二十三歳でけっこうな行き遅れだ」

八兵衛が応え「おい」と与七が八兵衛の後頭部を平手で叩く。

「平手で叩いたそっちのお兄さんはいくつなんだい。まだ独り身かい」

問われて与七は年やらまだ独り身だとか、嫁は欲しいとか、名前とか、なんでもかんでもつらつらと馬鹿正直に答えている。

そんな調子でするすると会話の糸がほどけていった。

ひととおり話を聞いてから、女将ははるに向かって、

「今日は何卒《なにとぞ》よろしくお願いしますよ。初鰹に限った話じゃあなくて、あたしは料理ってのがとんと苦手で、だけど新しい料理人が見つからないままでさ。あんた花川戸の『なずな』で板場に立っているって聞いたからさ」

と頭を下げた。

「はい」

「あれは美味しかったよ。春にあんたんとこで売ってた花見弁当さ。笹寿司も、串《くし》も美味しかったってうちの船頭たちも言ってたよ。舟の上でも食べやすくて重宝したのさ」

「はい。食べてくださっているんですね。ありがとうございます」

「船頭はああいうのが好きさ。らくだから。でも、客のなかでも、ああいうのがいいっていうのもいたんで、びっくりしたよ。きっちりした弁当箱に詰めて見映えのする凝ったものをありがたがる客だけじゃあなかったんだねえ。そこはなにより味が特別に美味しかったってのがあったんだろうけど」

「そうなんですか。嬉しいです」

思いがけない場所で、思いがけない褒め言葉をもらい、驚いた。『なずな』にいると、やって来る客たちだけがすべてである。けれど、弁当にして外に出すことで、ずいぶんと遠いところにはるの料理が届いていた。

「あたしはあれが良かったよ。見た目も好きだし、味もさ。なんだっけかな。蠟燭《ろうそく》みたいな形のあの串……」

思いだすようにして遠くを見た女将に、はるは「灯心田楽ですね」と前のめりで応じる。勢いづいたはるの様子に、女将がふふっと微笑んだ。

「そう。それだ。そんな名前だった」

ふたりが和気藹々と話し出すのに、八兵衛が「ほら」と言って、割って入った。

「……って、こんなふうな娘なんだよ、女将。言ったとおりだろ。料理となると目の色が変わって、おかげで女だてらに『なずな』の板場に立ってるってわけだ。それでこのはるさんが、初鰹を食ったことがねぇんだってよ。こんだけ食うことが大好きなのに、そりゃあもったいねぇなっておいらたちは思ったわけだ。だったら、おいらは升田屋さんで昨日食ったぜっていう話になってね。初鰹ってのは、競り落とされたその日から三日、四日は高値だろ。貧乏人には手がでない。けど、ここでならおいらに便宜をはかってくれるし、女将は料理に困りはてていたからさ」

八兵衛の言葉に女将が眉をひそめる。

「しっ。八っつぁんにだけ特別に負けたんだから、大きな声でふれまわるんじゃあないよ」

「わかってるって。十日も経ちゃあ、鰹も並みの値段になるけど、やっぱりさ、はしりのうちに食っておきてぇもんだから。味なんて違わねぇって言う輩もいるが、んなこたぁない。はしりを食うっていうのは心意気を食うってことだ。そうだろう」

「まあ、そうだよね。じゃあ二階の客間にご案内だ。そこで食べて意見をおくれ」

女将は走り書きをしていた筆をとんと傍らに置く。

はるがどぎまぎしたり、喜んだりしているうちに話はとんとん拍子に進んでいった。

八兵衛を先頭にして階段を上がると、二階は座敷。立派な屛風《びょうぶ》で席と席のあいだが区切られているが、いまは無人だ。

「貸し切りじゃねぇか。やっぱりなあ。舟はいいけど、味がいまいちだっていう話、みんな知ってるってことなんだろうなあ」

八兵衛が苦笑して、窓をからりと開け放つ。

川面のあちこちに篝火《かがりび》が揺らめいている。ぽうっと赤い炎は白魚漁の夜釣りのための火なのである。月が雲に隠れて暗い空。川面のあちこちで輝く炎の赤が、波で刻まれ左右に揺れる。黒と紺と赤の繊細な縮緬《ちりめん》細工の川の上を白魚漁の舟が漂っている。

座敷に座ったはるたちのところに、酒と料理が運ばれる。

女将自ら皿を抱えて座敷に座った。神妙な顔で、はるたちの側に控えて待っている。

鰹のたたきの皿は豪快な盛り付けで、ずいぶんと縦に、高い。刺身は横に広げるものだと思っていたが、高く盛られると、これはこれで見映えが違っておもしろい。大葉と茗荷《みょうが》の緑と赤も華やかだ。しかし皮の炙りは火が強すぎたのか、焦げている。しかも半ばまで火が入っていて、赤身が白くなっている。それでも生の赤身の部分はてらりと光って美味しそうだ。

「綺麗ですね」

はるがつぶやくと、八兵衛が「まあなあ。ここの料理は見た目だけはいいんだ。女将は色使いや趣味はいいんだ。料理の才覚はないんだけどよ」と小声で早口になった。傍らにいる女将の表情がくもり、はるは慌てて八兵衛の言葉にかぶせるように、

「本当に彩りが素敵です。いただきます」

と箸を取る。

たっぷりと添えられた辛子を小皿にとって、鰹を一切れつまんで口に放り込む。続いて、彦三郎や与七も「どれどれ」と鰹のたたきに箸をのばす。

そのままみんなで顔を見合わせた。

与七が「……うまいってこともないが」とつぶやいて、彦三郎が「まずくはないよ」と相づちを打ち、八兵衛が「いや、まずいよ」と否定した。

「まずいですか。やっぱりそうですか」

女将が気落ちした声になり、はるは、なにかを言いたいような気持ちで口を開いた

が、それでも「いや、美味しいです」なんて嘘はつけずに口を閉じた。美味しいものは美味しいと言い、まずいものはまずいと言う。そういう客に、はるは育てられている。ここで嘘をついても、女将にいいことになりはしないのだ。

「あたしは、他の仕事は器用にこなせるほうなんですけどね。料理だけはからっきしなんですよ。煮物や炊き物の味付けも毎回失敗してる。鰹のたたきなら、味つけはしないですむから大丈夫かと仕入れたらこんなことに」

女将がうなだれて、そう告げた。

初鰹。素材はさすがに、いいものだ。それは、わかる。

つやっとした赤身の部分を食べると鰹の旨味が口のなかに広がるが、呑み込む前に雑味が舌に残る。さらに見た目からわかることだが、炙りかたが雑で火が通りすぎている。ここまでやるならいっそすべて火を通し、下味をつけて粉をはたいて揚げてしまってもいいくらい。それでは、初鰹の良さを殺してしまうことになるのだろうけれど。

「で、はるさん。どうしたらいい」

八兵衛がこそっと聞いてきた。

「たぶんこれ、砥石《といし》の味が残ってます」

切れない包丁ほどいやなものはない。だから丁寧に研ぐのだが、それでも研いですぐに料理には使わない。特に刺身やたたきといった、生で食べるものは研ぎ立ての包丁を使うのは、よくないのだと教えてくれたのも父だった。切り口に石の匂いと雑味が残る、と。だから、はるは、一晩から二晩は風にさらして乾かしてから生の魚を切っている。

「砥石の？　だって仕方ない。切れ味の悪い包丁で生魚に触ったら味が落ちてしまうだろう。たしかに研ぎ立ての包丁は使ったけれど、そういうもんじゃあないんですか」

女将が言った。

つまり、女将はちゃんとしているのだ。きちんと包丁の手入れをし、丁寧に作ろうとしているから、こうなったのだ。真面目《まじめ》に皮を炙りすぎて、焦がしてしまうくらいに几帳面《きちょうめん》。ひとつひとつを真面目にこなす。

「包丁は研いでからすぐに使わずに、せめて一晩は乾かして置くといいんです。でも、それだけじゃあなくて」

なんでも丁寧にやり過ぎる、そういう人柄なのだろう。人あしらいは難なくこなし、とんとんと人の話を引き出して帳簿に書いてしまえる器用な人が、料理が下手だとするのなら――。

「もしかしたら女将はやり過ぎる……のかもしれません。基本に忠実に、教わったそのままでいいことを、もっと念入りにやり過ぎる」

「やり過ぎるって言われても、そもそも加減がわかっちゃいないからねぇ。心配になって精一杯に手をかけてるんですが、それがやり過ぎってことですか」

女将は困惑した顔になる。

「ああ、そうか。そうかもな。女将の煮物はどれも柔らか過ぎてぐずぐずに煮とけていたな。やり過ぎって、そういうことか」

八兵衛が合点顔になって、ぽんと膝を打った。

「教えるとしたら、心配になっても、ついついやり過ぎなくてもすむか……やり過ぎてもそこまで味が変わらない、そういう簡単な料理がいいですよね」

はるが言うと、女将が「はい」とうなずいた。

「そういうのを鰹でなにか教えてください。できたら酒のアテになるもんだとありがたい。船宿はご飯を食べるというより、酒を飲みたいって人が多いから」

「鰹で……お酒の……」

たいして手間はかからずに、あまり手をくわえなくてもできる酒のアテ。

昼に治兵衛に言われてからずっと鰹の料理を考えていた。いままで食べてきたさまざまな料理。魚の料理。焼いたり煮たり、味をつけたりしないで放置ができるような料理はあっただろうか。

まったく、治兵衛さんが、とんでもない課題を押しつけるもんだからと、はるは頭を抱えて呻吟《しんぎん》し続けていた。待っているあいだに美味しさが熟成するような、そんなすごい料理なんて、はるは食べたことがあっただろうかと考えて――そこに、いま、あまり手を加えなくてもいいような、やり過ぎずにすむ料理というのも加わって――。

あ、と小さな声が出た。

「ありました。思いだしました。塩から、なら」

はるはそう言って顔を上げる。

「鰹の塩から、どうでしょう。あれならたいした手間はかからない。塩と鰹にまかせて、放っておけばいいんです。こなれて、美味しい酒のアテになる」

「塩から……」

女将がきょとんと聞き返し、はるは「作りましょう。一緒に仕込んでみましょうよ。鰹の塩から」と言って、立ち上がったのであった。

みんなで厨に向かい鰹の仕込みを女将に教える。

鰹は皮を入れても入れなくてもいい。骨ははずして、身を刻み、鰹の量の三分の一くらいの塩を加えてかき混ぜる。壺《つぼ》に入れたそれに紙で蓋《ふた》をして、厨の片隅に置いておく。

「一日に、四回か五回くらい下から上にかき混ぜてあげてください。あとは勝手に熟成して、美味しくできあがるから、それ以上、なんの手もくわえずにすむ。心配になってかき混ぜすぎないでくださいね。一日に五回くらいでいいんですから」

「それだけでできるのかい。悪くなったりしないのかい」

「これだけたくさん塩を振るから、よほど扱いがおかしくなければ、塩からは、いたんだりしませんよ。でも七日経ったら、わたし、見に来ていいですか。美味しくできたら少しわけていただけたら嬉しいです。うちの店でも出したいから」

「もちろん」

女将はふたつ返事で引き受けてくれた。

塩からは酒飲みの好物のひとつだ。鰹に限らず、烏賊《いか》や魚の内臓で作り置きができるが、毎日混ぜるのが少し大変だ。

だいたい十日もあればできあがる。

旅暮らしだったはるたち親子は塩からの壺を持って歩けない。ゆえにはるにとっては、長居をするときしか作ることのできない、贅沢な食べ物なのであった。

うまくできた塩からをつまみながら酒を飲んでいた父の姿を思いだす。たまに、塩からをじゅっと鍋《なべ》で炙って火を入れて、しょっぱくいぶされた煙を吸い込んで「焼いた塩からってのも旨いんだ」と目を細めていた。

「できあがったら、塩からで味つけしたらいいだけの、他のつまみを一緒に作りましょう。それだけで食べても美味しいけれど、調味料としても万能なんですよ、塩からって」

女将は感心して聞いている。

八兵衛が「楽しみだなあ、塩から」と女将の横で舌なめずりをしてみせた。

大川の綺麗な夜景を眺めたいところだったが、与七が「木戸をしめる前に帰らないとならないからな。八っつぁんの長《なが》っ尻《ちり》にはつきあってらんねぇし、はるさん、一緒に帰るとしよう」と、やいやい言うから、結局、早々に升田屋を後にすることになった。

女将は何度も礼を言い「また他にも頼みますよ」とはるに頭を下げてくれた。たいしたことはできなかったけれど、そんなふうに頼られると、嬉しくなる。

「なるほどな。塩からってのは考えてなかったが、あれは旨い。思いもつかない料理だったぜ。『なずな』で食えるのは七日後だな」

八兵衛が帰り道で何度もそう言うのを聞いて、はるもまた「うまくできるといいですね。わたしもできあがるのが楽しみです」と笑って応じた。

夜風が頬や耳にくすぐるように吹きつけてくるのが、心地よい。冷たくもなく、ぬるくもない風に夏の匂いが染みついている。

急ぎ足でとって返す足取りも軽く、自然と頬《ほお》に笑みが浮かんだ。

ふと、ここにみちがいたらよかったのにと、はるは思う。突然のことだから誘えなかった。が、もし事前に知っていたならば、はるは、みちを連れてきただろう。与七と共にこの夜道を並んで歩いたら、みちはどんなふうに照れるのか。幸せそうに笑うのか。

「次はおみっちゃんも連れて来たいなあ」

はるがつぶやくと、

「おみちかい。そうだな。はるさんはおみちと仲がいいし、それにあの二階から見た景色は綺麗だったもんな。ああいうのをおみちが見たら、なんて言ったかな」

与七が言った。

手にした提灯《ちょうちん》がゆらゆら揺れている。光の陰影が刻まれた与七の横顔は、いつもよりいかめしく、きりっとした男の顔だった。

この人は笑わないと、ずいぶんとしっかり者に見えるのだ。

「だったら次も与七さん、一緒に来てくださいね。木戸番の与七さんがついててくれたら、わたしも安心だし」

「おうよ」

「ねぇ、与七さん、与七さんはおみっちゃんのことを」

どう思っているんですか、と、はるは聞こうとしたが、その瞬間に、彦三郎がはるの着物の袖《そで》をつ、と引いた。なんだろうと見返すと、彦三郎は、ちらっと八兵衛に向けて目をくるりと回す。

八兵衛は口が軽いし、すぐに茶々を入れて混ぜっ返す性分だ。みちの名前をここで出したなら、八兵衛が、言わずともいいことを言いだして、まとまるものもまとまらなくなりそうだ。

八兵衛なら「なんでここでみちのことを聞くんだい、まさかみちは与七にほの字なのかい、みちに限ってそんなことがあるのかね。与七なんて冴《さ》えない男でこんな三十五も過ぎた男相手に、おみちはもったいない。おいらのほうがよっぽど」なんて、勢いよく割って入るかもしれない。

その後にはなにかといえば与七とみちにちょっかいをかけて、与七を困らせ、みちを怒らせてしまいそう。

だからここでは黙っていろという合図かと、はるは、話しかけた言葉を引っ込めた。

見上げる夜空を、雲が早く、駆けていった。

第三章　思いの深さの花火弁当

穀雨が田畑を恵みの雨で湿らせて、樹木が夏の青葉の色を濃くしていく。

あちこちに生えていたフキノトウは蕾《つぼみ》を開き、ぐんぐんとのびて花を咲かせ、いぶされたような渋い色に枯れていった。掘り残された筍《たけのこ》は、にょきにょきと天をめがけて背丈をのばし、固くなる。

そうしているうちに歩く足下の草丈が高くなり、野原で虫がぴょいっと飛ぶ姿が目に留まると、月は巡って、もう皐月《さつき》。

青梅売りの声を聞き、はるは、さっそく梅の実をたくさん仕入れることにした。はるのつけた梅干しは『なずな』での評判がいい。そのまま食べてもよし、調味料として使ってもよしだ。

買い込んだ青梅は、傷のないものをより分けて、へたをとって洗って、塩に漬けてからざるに載せた。梅酢が上がったら、ざるで干す。大きなざる一枚では足りず、三枚のざるを使い、毎日、風通しのいい日向に干している。

空模様を気にかけて、筵《むしろ》をかけたり、はずしたり、店先《たなさき》に取り込んだり、外に出したりと、せっせと梅の世話を焼いていると「ああ、夏がはじまる」という実感が湧《わ》く。

「梅の実の世話に季節を感じるのは、はるさんくらいのものじゃあないのかい」と、まわりのみんなに笑われたのだけれど。

升田屋で一緒に作った鰹《かつお》の塩からは美味《おい》しくできた。小分けして店で出したら、最初こそ馴染《なじ》みの客たちは「せっかくの初鰹を塩からにって」と苦笑いをしていたが、一口、食べるとうってかわって「塩からをアテにして飲む酒は、間違いないし、白い飯にも合うってもんだ」と、笑顔になった。

はしりを過ぎて値が落ちた鰹を仕入れて揚げたり、煮炊きしてみたりもしたのだけれど、結局、みんなが一番美味しかったと断言したのは塩からなので、『なずな』でも、鰹の塩からを作っている。

特に、はるの父がたまに食べていたのを思いだし、綺麗《きれい》に洗った平らな石を熱したものを膳《ぜん》に載せ、その石の上に塩からを乗せてじゅっと焼いたものをつまみにしたのを冬水が気に入ってくれて、よく頼むようになっていた。

川開きの日の朝であった。

大川沿いに屋台が溢《あふ》れ、往来の人が多くなる。屋形船や伝馬船《てんません》が川を行き来し、今夜は花火も打ち上げられるのだと聞いている。ここからしばらくは、稼ぎ時だと腕が鳴る。普段より多めに卵も仕入れ、気合いを入れる、はるだった。

さて、今日はなににしようかと考えながら、はるは店の裏に梅を干しに出た。

と——魚のぼてふりが、はるに声をかけた。

「おお、おはるちゃん。おはようさん。魚どうだい、ええ、魚。太刀魚《たちうお》に鯵《あじ》に鰯《いわし》。どうだい」

鯵は新鮮で美味しそうでぴかぴかしていたし、鰯も大ぶりのよいものが天秤棒《てんびんぼう》の桶《おけ》に山盛りに積んである。太刀魚も立派なものだった。

はるは、二つ返事で「全部買います」と答え、ちょうど外に運んだ梅の実のざるを軒に置き、太刀魚と鯵と鰯を買い込んだ。

「太刀魚だけさばいといてやろうか」

「頼みます。鯵と鰯はそのままで」

勝手口から店にとって返し、入れ物を持って戻ると、俎板《まないた》の上で太刀魚は綺麗に三枚におろされていた。

盥《たらい》に受け取り、これをどう食べようかと思案して店に戻る。

「今日は鯵のたたきに、鰯の半分は煮付けに、残りの半分は手開きで骨を綺麗に抜いて、すり鉢で丁寧にすったもので、つみれ汁を作ろう。川開きで屋台があるから、天ぷらや寿司《すし》じゃあないほうがいいわね。屋台は、蕎麦《そば》と天ぷらと寿司が多いから」

船宿では美味しくて贅沢《ぜいたく》な、酒のつまみになるような料理が出されているだろうから、そこととも重ならない『なずな』らしいものを出したい。

安くて、美味しくて、ちょっと変わっている、そんな料理。

「だったら鯵は、半分を南蛮漬けにしてみようかしら。唐辛子は店にまだたんとあるし」

みんなが「美味しい」と言って食べてくれる姿を思い描くと、湯を沸かしたときに鍋底《なべぞこ》からふくふくとあぶくが浮いてくるみたいに、元気や勇気や幸せがあぶく玉になって心のなかに浮き上がってくる。

そういえば、ここのところ、わかりはじめたことがある。自信というのは、自分の行動と実績からしか得られないということだ。

他の人がどうかは知らないが、はるは、そう。

冬から春を『なずな』で過ごし、常連客が戻ってきたこと、新しい客が増えていったことのすべてが、はるの気持ちを平らにならし「女だてらに板場について料理を作ることを許してください」と、まわりになんとか頭を下げて生きていけると思いはじめた。

そのうえで、はるが『なずな』でこしらえた料理を、よその店が真似《まね》してくれるようになった。しかも、ふたつもだ。納豆汁と稲荷笹寿司《いなりささずし》。みんなが「盗まれたことに怒るべきだ」と憤ろうとも、はるにとっては、それは自分の作った味の良さを裏付けしてくれる証《あかし》であった。

そして治兵衛に命じられ五升の飯を売り切った花見弁当のあの一日。やり遂げられたことがはるのなかの糧《かて》となった。花見の一時期のことでしかなく、天気に左右されるものだから、連日同じことはできなかろうと、次の日からはご飯の量は減らしたのだけれど。稲荷笹寿司と灯心田楽と青柳串《あおやぎぐし》の弁当は、春の花見の期間じゅう、毎日、その日のうちに売り切れた。

さらにその花見弁当が船宿の升田屋まで届いていた。女将《おかみ》と一緒に塩からを作っているあいだ、女将と、船宿の船頭たちが「あれは旨《うま》かったし、食べやすかった」と何度も言った。

ここにきて、鰹の塩からのご縁で升田屋の船頭たちが、知り合いを連れて『なずな』に来ることも多くなった。船頭は、己の腕いっぽんで食べている。気《き》っ風《ぷ》がよくて粋な男たちばかりで、男たちを目当てにして訪れる女の客も増えてきた。

そうなってやっと、弱気の虫を飼いつづけていたはるの心に、自信という土台がついたように思うのだ。

「次は川開きの弁当を作りたい」

その話は、治兵衛にも伝えているのであった。

笹の葉で包むものだけではなく、ちゃんとした弁当の箱を用意して作ってみたいと提案したら、治兵衛は「試してみてから考えな」と、そう返した。

試してみるとはどういうことかと思うまもなく、治兵衛は「この弁当箱を使ってみなさい」と治兵衛の自宅の蔵にしまわれていた、不要の弁当箱を五個持ってきてくれたのである。

ちゃんとした弁当箱といっても、それを仕入れるのにも時間と銭がかかるのだ。そこを「試して」というのは理屈が通っている。

治兵衛の家は老舗《しにせ》の薬種問屋で、しまわれていたものだといっても、漆塗のずいぶんと豪勢な弁当箱であった。

提重《さげじゅう》の弁当箱。

漆塗のお重は四段だ。それが、手提げの木箱のなかにすっぽりとおさまっている。脇《わき》には、徳利《とつくり》の形で丸く抜いた板が張られていて、そこに徳利を仕舞うと、零《こぼ》れないし倒れない。徳利の上に小さな棚《たな》がしつらえてあり、そこの小箱を引きだして開けると、なかには杯《さかずき》や箸《はし》が入っている。

徳利が二本だから、きっとこれはふたり用の弁当箱だ。

さすがに使っていいか気後れしていたはるに「新しく弁当箱を買うより、これを使って試したほうがいい」と治兵衛が言った。

さらに「どちらでも選べるようにして、好きなほうを買ってもらうことにしな。それで売れた数と様子を見てから考えたらいい。もちろん本気ではじめるなら、もっと安い弁当箱をはるさんに用意してもらうことになるんだよ。これは一旦《いったん》貸すだけだ」と釘《くぎ》を刺したのであった。

その立派な弁当箱を前に、はるは、中味の算段をつけている。

「たぶんうちで売れるのは笹の葉包みなんだけど……寿司は屋台がたくさん出てるだろうし……。握り飯のほうがいいかもしれない。おかずも、串と卵焼きと他はなにがいいかしら。笹の葉包みは、片手で食べられるようなものを詰めて、弁当箱のものはまた違うものにして」

重箱をじっと見て、ここになにがあれば嬉《うれ》しいかしらと思う。

「暑くなるから日保《ひも》ちのいいものにしなくちゃならない。でも、なにより、見た目の彩りを綺麗にしたいわ。箱の蓋《ふた》をとったときに〝わあ〟って思えるような。だってこんなに立派な弁当箱で中味が冴《さ》えなかったらがっかりしちゃう」

夏だからこそ、こおりどうふは、どうだろう。

かんてんで豆腐を固め、透き通った氷にみたてた一品だ。透き通ったかんてんのかたまりの奥にさいの目に刻んだ白い豆腐が散らされて、まさしく氷のような見た目で涼しげだ。匙《さじ》ですくいとって口に放《ほう》り込むと、豆腐もかんてんもどちらもつるつると口のなかを滑っていく。

「かんてんに甘みを入れてやる食べ方もあるって聞くけど、お弁当に入れるなら、あえて無味で作るのもありよね。それで、食べるときに、醬油《しょうゆ》か、黒蜜《くろみつ》かを選んでもらう。川開きのお弁当って、花見と同じで、お酒を吞《の》む人も多いから、酒のあてには醬油をかけて……。でも酒を飲まずに甘いもので最後をしめたいっていう、わたしや、おふみさんや子どもたちみたいなお客さんには黒蜜をかけてもらって……」

黒蜜は別に小さな容器に入れて添えておく。

しょっぱくするのも、甘くするのも、食べる人の好み次第だ。

「この箸や杯の入ってる小箱に蓋付きの器を入れてお渡しすればいい。でも、これと同じような弁当箱をうちが買うのは無理があるから、数を出すときにどうしたらいいかは考えないとならないわ」

厨《くりや》のまわりを見渡すと、朝のうちに丹念に処理したバカガイの貝殻が盥に山積みされているのが見えた。

「貝殻……」

薬売りをしていたときに綺麗な貝殻に軟膏《なんこう》を入れて持ち歩いている女性を見たことがある。その女性は二枚貝を器用に加工して色を塗って見事な小物に細工していた。そこまで美しいものにはできないとしても、とろりとした黒蜜が、こぼれないように貝あわせで蓋をすることはできそうだ。

弁当箱の隅にひとつだけ二枚貝の入れ物があって、開けたら中味は黒蜜というのはちょっとおもしろいかもしれないと思う。綺麗に洗って、干して、使えるかどうか試してみよう。

「それで……そう、磯《いそ》の香りが強い浅草の美味しい海苔《のり》で巻いた握り飯を並べたい。海苔はあぶったものを別にして、その場で、食べるときに自分で巻いてもらうようにして、握り飯は小さめの俵《たわら》の形で中味は梅干しと、出汁《だし》で使ったあとのおかかと昆布を佃煮《つくだに》にしたやつに……鰹を甘辛く炊いたのを混ぜ込むのもいい」

値段の下がった鰹なら『なずな』でも扱える。古くなった鰹は臭みが増すと不評だが、一口大に切ったものを生姜《しょうが》をきかせて醤油や味醂《みりん》の濃い味で煮ると、美味しいつまみになるのだ。それを握り飯の具にするのが、はるは、好きだ。

「煮物は傷むのが早いから夏の弁当には向かないわよね。入れるとしたら、揚げ物に、焼き物。海老《えび》の天ぷらはみんなが大好きだわ。蓮根《れんこん》も揚げて添えると、きっと、映える。魚は太刀魚を焼きたいわ。さっと塩を振って、ねじらせて、焼くのよ」

太刀魚は、長い。三枚におろした半身を縦に四等分し、手綱みたいに、編み込んだものに串を刺して焼くと、縄状にねじれてよりあわさった立体的な形の焼き魚ができあがる。塩をふって身が引き締まったのを炭火で焼いた太刀魚の滋味も美味しいし、見た目のおもしろさが、きっとみんなの目を楽しませてくれるだろう。

「のらぼう菜を胡麻和《ごまあ》えにして、あとは卵焼き。黄色がやっぱり綺麗だもの。出汁をたっぷりを混ぜて、あまーくして焼きたい。海苔の佃煮もちょっと添えて……お香々《こうこ》は、わたしのぬか漬けにしようかしら。それとも浅漬けがいいかしら」

考えていると自然と笑顔になっていく。

厨で下ごしらえをしていると、ぼてふりの声が近づいてくる。

朝顔や朝顔〜、走りの空豆〜。

女性のぼてふり。馴染《なじ》みの声だ。

はるは勝手口をからりと開け、

「おみっちゃん」

と呼びかけた。

開いた戸口から入り込んだのは、夏のぬるい風だ。

はるは、ちらりと空を見上げる。

朝は晴れていたのに、いつのまにか厚ぼったい雲が空を覆っている。

雨が降ったら川開きも台無しだ。なにせ花火が上がらない。このまま天気が保ってくれればいいのだけれど。

「おはよう。おはるちゃん」

みちがぱっと顔をあげて、言う。

「おはよう。おみっちゃん、入って、入って。今日は川開きだからお客さんがたんと来るんじゃないかと思ってるの。残ってるもんがあるなら、なんなら全部うちで買うわよ」

「ちょっと待ってよ。ちゃんと見てからものを言いなさいよ。今日の天秤棒は、片方は青物の籠《かご》だけど、もう片方は朝顔の鉢なんだ。おはるちゃんって、食べられないものは買わないじゃあないの。あんたが買った鉢植えは年の瀬の大負けに負けた福寿草の鉢だけだったよ。珍しくて綺麗な桜草を持ってきたときも、さんざん見惚《みと》れた挙げ句に〝ごめんなさい〟だった」

と呆《あき》れた顔で言い返された。

言われてみれば、今日のみちの呼び声は朝顔と空豆だった。はるは、いまさら、みちの天秤棒の両端を交互に見る。片側は朝顔の鉢植えで、もう片方は空豆とのらぼう菜が載っている。

ぼてふりはひとつのものを売るのが普通だが、みちはたまにこうやって、前と後ろで違うものを売り歩いていることがある。

そもそも、畑仕事の手伝いをし、そのついでに畑でできた青物と、福寿草《ふくじゆそう》の鉢植えを天秤棒でかついで売り歩くようになったのがみちのぼてふりのはじめだと聞いている。そのときに、呼び声もなにもわからずに、天秤棒に下げたものを順番に大声でがなっていたら、おもしろそうだと声をかけられ青物と花の苗が無事に売れた。

以来、気をよくし、みちは、ぼてふり稼業をはじめたのだとか。

買ってくれた客たちは「普通は苗なら苗で、花はそれぞれにしろ〝朝顔の苗、花の苗〟って呼び声で売るもんなんだよ」と教えてくれたし、みちも、いままで自分が聞いてきた範囲のぼてふりは、皆、魚なら魚、苗なら苗、青物なら青物だけを売っていたのはわかっている。それでも、ときどきこうやって、前と後ろで違うものを売るようにしているのには、みちなりの理由がある。

みちのぼてふりの品物は、よそより安い。みちは「あたしは畑の手伝いのついでに、たんとできたあまりもんを安く仕入れさせてもらってるんだ。あたしに渡してくれるもんが、これしかないよってときはさ、その少しばっかりのもんをかき集めて商いするしかないわけさ」と、はるに内訳をこっそり教えてくれたことがある。

健脚で、重たい天秤棒をかついで歩ける男たちと自分は違うと、みちは、少し悔しそうな顔でそう言った。少しでも安く仕入れて、他より安い値で売り抜ける。そういうやり方しかできないんだよ、と。

教えてくれたそのときに「いつまでいっても大きな儲《もう》けにはなりゃあしないけど、それでも弟の弥助《やすけ》を食わせていけて、あとはこつこつと貯《た》めていずれあんたんとこみたいに店でも持てればいいんだけどねえ」と、みちは『なずな』の店のなかを羨ましそうにくるりと見渡した。

聞いたと同時に、はるは、つい、うつむいた。申し訳ないような気になった。こんなにがんばっているみちとは裏腹に、自分は、たいした苦労もしないで『なずな』の厨におさまっている。たまたまのご恩にあぐらをかいて、のうのうと働いている自分とみちとの違いは、運だけだ。

みちのほうが、はるよりずっとすごい。安い仕入れをして、よそより安価の値で売ることで、こつこつと売り伸ばしている。いつだって商いの創意工夫を忘れず、ほっかむりをして男に見える出で立ちでぼてふりをはじめるなんて、目のつけどころが違うじゃあないか。しかも声をかけられたらこっちのものだと、話の巧みさで相手の気を惹《ひ》いて、花の鉢を売ってのけるのだ。

そんな相手の品物を見もせずに、しかも売れ残っているかのような言い方をしたのは、本当に悪かった。反省し「ごめんなさい……」とうなだれると、みちが顔をしかめて天秤棒を床に置く。

「いやよ。あやまんないでよ。そんなにすぐにあやまられちゃったら、あたしが怒ったみたいじゃあない。話がそこで終わっちまう。こういうのは〝朝一番で来てくれたあんたの気持ちにこたえてその天秤棒まで全部買うよ〟くらい言って返してくれなきゃ困るわよ。おはるちゃんは本当に口下手なんだ」

「うん。そうなのよ。ごめんなさ……」

さらにうなだれると「あやまんないでって。そこも、言い返してもらいたいとこなんだから」とみちがため息を押しだし、はるの言葉を止めた。

「あんた、口は下手でも顔は上手だから困っちゃう」

「顔は上手って、どういうことなの」

「本当に〝悪かった。ごめんなさい〟って顔をするのよ。口でも言うけど、顔もそう。思ったまんまが全部顔に出て、しかもそれがいつだって善人なんだ。まっすぐでさあ、嘘《うそ》をつかない。そういうんだから、あたし、あんたのこと叱《しか》れないし嫌えないのよ。まったくもう。買えないもんは買えないって言ってくれて当然だから、朝顔のことは、横目で睨《にら》んでくれりゃあいいわ。ああ、だけど、あんたは顔が上手だから、無理だった。綺麗な花を睨んだりできやしないわね」

「それは……」

「それに、あんた、地顔が、いつも頼りない顔だから、睨んでもさまにならないったらさ」

睨み方を教えてあげるよと、みちが自分の両目を指で押さえてつり上げて見せた。

「こうだよ、こう。それでもってあんたのいつもの顔は、こうだよ」

と、そのまま指で目尻《めじり》をさげる。

そんなに下げなくてもというくらい極端に目尻を下げるものだから、百面相になっている。

「わたしそこまで下がり目じゃあないわよ、おみっちゃん。やめてよ」

思わず笑ったはるに、みちも、ぷっと噴きだした。

みちは笑うと、片頬《かたほお》だけに、指先で小さくぼませたみたいな笑窪《えくぼ》ができる。両側に浮かばずに、片方だけなのが妙にけなげに見えるのだ。片笑窪の愛らしさは、どこかかたくなで、みちらしい。

みちは笑顔のまま、下に置いた天秤の籠の中味をはるによく見えるように、傾けた。

青々とした、のらぼう菜に、緑があざやかでぷっくりと豆がつまった空豆だ。のらぼう菜は胡麻和えももちろん、お浸しも美味しいし、汁にさっと入れても、炒《いた》めてもいい。空豆はこのまま焼くのがいちばん美味しいに違いない。

「青物は、全部ちょうだい」

と言いながらしゃがみ込んだはるの目の端に、もう片側の天秤に載っている二鉢の朝顔が映り込む。

最近は変わり朝顔を栽培するのが流行《はや》っていると聞いているが、みちが売っているのは、はるも見慣れたなんの変哲もない朝顔だった。立てた竿《さお》につるを這《は》わせた朝顔の花びらの内側は白く、花弁は濃い藍色で、じょうごみたいに開いている。ついさっき水をもらったばかりなのか、葉の上で小さな丸い水滴がきらきらと光っていた。

「あら、二鉢しか売ってないの？」

「売ってないんじゃあなくて、ここに来るまでのあいだに売れたんだ」

「こんなに朝早くから？」

「朝早くで花が咲いてるからこそ売れたんだ。おはるちゃん、世の中の人がみんなあんたみたいに食べ物にしかお金を払わないって思っちゃあ駄目だよ。朝顔はいま流行ってるんだ。自分で仕入れて、かけあわせて、変わった朝顔を咲かせて品評会に出そうって人もいれば、ただただ綺麗なものを愛《め》でて過ごしたいって人もいるのさ」

「それは、わかっているわよ。わたしだって福寿草の鉢は大事にしているもの」

大事にしていて、だからこそ、この朝顔の鉢を、ちょっとだけ、欲しいと思ってしまった。

ここのところの『なずな』は、調子がいい。馴染《なじ》みの客だけではなく、ふりで入ってくれる客の数が増えている。

しかも今日は大川の川開きだ。

花火が打ち上がり、それを見るために江戸中から人が来る。大川は道沿いに屋台が並び、人であふれかえるのだと聞いている。きっと『なずな』に立ち寄ってくれる人も、増えるに違いない。

朝顔の鉢植えをひとつ買うくらいの贅沢を自分に許してもいいんじゃあなかろうか。

はるは朝顔の鉢に手をのばし、緑の葉を指でつんと揺らす。

どうしようかと思いあぐねていると、

「はるさん、空模様があやしいよ。梅はあのまま外に置いといていいのかい。なんなら俺がなかに運び入れてやろうか……」

開いたままだった勝手口から、ふいにそう声がかかった。

顔をあげると、声の主は与七であった。

「与七さん」

はるより先に口を開いたのは、みちである。

「おはようございます」

みちは、さっきまでの勢いはどこにいったのか、小声になってしゃちほこばって頭を下げる。

「おお。おはようさん。おみっちゃんも来てたのかい。厚ぼったくて黒くて、あやしい雲が出てきたぜ。商いはとっとと終えてうちに戻れば濡《ぬ》れずにすみそうだぜ。そうはいっても、あるもの売り切らないと、うちに帰るわけもいかねぇか。どれ、なにが残ってるんだい」

与七は人好きのする笑顔でみちを見てから、天秤棒の籠に載った青物に「お」と声をあげる。

「空豆か。いいねえ。俺は焼き空豆が好きなんだ。飯のおかずにはならねぇが、塩を振ったやつをつまんで、酒を飲むのがたまらなく旨《うめ》ぇよなあ。けど、空豆は、はるさんが買うんだろうな。そうだよなあ、はるさん」

問いかけられて「はい」と応じる。ちらりとみちを見ると、みちは、きゅっと口を横一文字にして、黙って与七を見ているのだった。与七がいるとみちが無口になるのはいつものことだ。はるに言うみたいにぽんぽんと与七と話せばいいだろうに、なんて焦《じ》れったいとはるは思う。

「そうすると、はるさんが買わないもんは、こっちの朝顔だな。ちょうど、いい。俺は朝顔が欲しかったんだ。かけあわせて、変わった朝顔を育てて品評会とやらに出してみたいと前からずっと思ってた。いや、そこまでしなくても別にいいか。ただ咲いてるところを眺めるだけでも乙なもんだよな。朝に咲いて、昼には萎《しお》れる花の世話を毎日してたら、女心のこともわかるかもしれねぇし。ふたつ、おくれ」

与七はみちの様子を気にすることなく、朝顔の鉢を二個取り上げる。

「え」

きょとんとしているみちに、与七が笑った。

「え、じゃあねぇよ。朝顔を売ってくれって言ってんだ。ふたつでいくらだい」

「四文です」

「そりゃあひとつの値段じゃあねぇのかい」

「いいえ。いいんです。いいんです。うちは、ほら、よそより安いもんを売ってるんだし」

いいわきゃあないだろうがと、与七は呆れた顔になる。

「たしかによそより安いけど、青物にしろ苗にしろ、いつだっていい品物を売ってるじゃあないか。たまに不格好な青物のこともあるが、味はいいだろ。この朝顔だって、普通のもんだけど、綺麗に咲かせてる。だいたい、おみちが弟を食わせてんだろ。意味のない投げ売りはしないほうがいいよ。ふたつで八文だ。それでいいか」

「でも与七さんは〝鉢は福寿草だけで手一杯〟って前に言ってたじゃあないですか。桜草を売ってたときですよ。無理に鉢植えの花を買ってもらうなんて、そんなことはできないです」

与七が「よく覚えてんなあ、そんなこと」と目を瞬《またた》かせて、困った顔になる。

「無理に買おうとしてんじゃあないさ。あんときの桜草は」

与七が目を泳がせる。どこかそのへんに与七が言うべき言葉が浮かんででもいるかのように。

みちが「あのときの桜草はひときわ綺麗で、しっかりと色の出た、いい花でした。与七さんが自分は花はいらないが、広小路を売り歩いていくと『かづさ屋』さんて小間物屋があって、そこのご隠居はいま庭が趣味で桜草のいいのを探してるから、そっちにいくといいって教えてくれましたよね。おかげさまで、ご隠居さんがまとめて買ってくれました。ありがとうございます」と頭を下げる。

「いや、別にありがたがられるようなことはしてないぜ。つまり、あんときは、桜草はいらないって気持ちだったんだ。だけど今日は朝顔が欲しいんだよ。欲しいったら欲しいんだから、もらっていくよ。いま銭を持ち歩いてねぇんで、ちょっとうちに寄ってから帰ってくれるかい」

与七は、朝顔の鉢を抱えそう言い切った。

「あ……はい。ありがとうございます」

みちの頰《ほお》がぽわっと赤くなる。

はるは、心のなかでとんとんと足踏みをして「もう本当に。おみっちゃんったら、普段の勢いはどうしたの」と思いながら、みちを見る。ここは、はるがひと肌脱がないと、どうにもならない。他ならぬ、みちのためだ。みちの恋心の背中をとんと押すつもりで、

「与七さん。でしたら」

と、声を張り上げた。意気込みすぎて声がひっくり返ってしまったのは、許して欲しい。

「でしたら——おみっちゃんに与七さんのところに出前をお願いしてもいいですよね。いつもの昼ご飯の出前とは別に、夜に、焼き空豆とお酒を出前しましょうか。昼ご飯は白いご飯と瓜《うり》のぬか漬けに、つみれ汁に鰺の南蛮漬けも作ろうかと思ってたんです。鰺は、たたきにもできますよ」

「ちょっと、おはるちゃん。あんた〝でしたら〟ってなんなんだよ。その使い方、おかしいんじゃないの。だいたい出前っていったって、隣じゃあないの。あんたが自分で、すぐにいけんじゃあないの」

みちが小声ではるの耳元で早口でそう言ったが、はるは、知らない顔をする。与七は、慌てるみちを見て「そうだよなあ。隣だからなあ。おみちはおみちで忙しいんだ

し、そんなこと頼むのは気が引ける。はるさんが忙しくて出前もできないってんなら、俺が、店まで昼と夜のご飯を引き取りにくるよ」と気安い口調でそう言った。

　それでは意味がないのである。

「いいえ。大丈夫です。おみっちゃん、やってくれるわよね」

　はるが勢いよくそう言うと、みちは、気圧《けお》されたように「別に、やっても、いいけど」と、うつむいた。

「でもよ」

　と与七が口を開いたのをすかさず制し、

「出前は、考えていたんです。花見の弁当のときから、人が多くなってくる時期にもう一回ちゃんと弁当を作って、熊ちゃんに天秤棒を担いでもらって売り歩けばいいって思ってたんです。熊ちゃんにももう頼んでるから昼に来るんです」

　勢い込んでそう言った。

「そうだ。ぼてふり、熊ちゃんだけじゃあ足りないわ。屋台が出るくらい盛況なのよね。よかったら、おみっちゃんも、手伝ってくれるとありがたいわ。もちろん、自分のぼてふりのあいまでいいし、無理は言わない」

　与七だけではなく、みちの顔も見て、問いかける。

熊吉の弁当売りは本当だったが、みちに手伝ってもらいたいというのは、いま思いついたことである。

みちについては、どちらかというと弁当売りは口実だ。与七のところに出前を持っていってもらって、ふたりの仲がより近づいてくれたらという提案である。

わずかのあいだ沈黙が落ち、みちは、ちらりと与七を見上げた。

与七は、みちではなく、はるに顔を向け、

「南蛮漬けってのは俺は食べたことがないけどどういうもんだい」

と聞いてきた。

「南蛮漬けは、粉をはたいて揚げた鰺を、南蛮唐辛子と甘酢で漬け込んだものです。丁寧にじっくり揚げてから甘酢に漬け込むもんだから骨も柔らかくなってそのままいただけるんです。甘くて、酸っぱくて、ちょっと辛くて、美味しいんです。うちのおとっつぁんは、小さな鰺を漁師さんからわけていただいたときには、よく、これを作ってくれていて……酢が入ってるぶん日保ちもするんで、まとめてつけ込んで二日とか三日かけて食べてたんですよ」

「聞いたら美味しそうだけど、俺は、鰺はたたきが好物なんだ」

与七は、そうだ。冒険した料理ではなく、馴染みの味を好んでいる。ちょっと風変わりで美味しいくらいなら食べてくれるのだけれど、名前をはじめて聞くような料理は、毎回、敬遠する。

「はい。だったら、鯵はたたきにしますね。与七さんは、わかりやすい食べ物がお好きですもんね」

「おう。わかりやすいっていうのがどんなもんかが、わかんねぇが」

与七がにっと笑って続ける。

「卵焼きとかよ、焼き魚とか、里芋の煮ころばしとかそういうのが旨ぇのよ。頼むぜ」

「卵焼きも煮ころばしもありますよ。川開きですからね」

「いいね。鯵のたたきと焼き空豆もあるんだろ。今日は、好物ばっかり食える一日になるな。夕飯に酒も一本持ってきてくれるとありがてぇな」

「はい。そうします」

「旨いもん食ったら、それで元気になれるってもんだ。天気がもてばいいけどなあ。そうしたらパッと空に咲く花火が見える。ええと……それじゃあな」

与七は朝顔を抱えて勝手口から出ていった。

天気がもてばいいといいながら、与七は、空なんて見もしなかった。結局、梅の実のざるも運ぼうとしなかった。

ただ、みちの朝顔を買うためだけに寄ったみたいだと怪訝《けげん》に思う。

背中を見送ってから、みちがへなへなとその場にしゃがみ込む。

「おみっちゃん、そういうことになったから頼むわよ」

はるが言うと、みちは「そういうことって」と、はるを見返す。

「さっき〝いいけど〟って言ってたでしょうに。ちゃんと、あとでまた『なずな』に来てよ。お昼と夕飯を与七さんのところに持っていってもらわないとならないんだから。与七さんはいい人だし、いつだって、おみっちゃんに親切にしてくださってるわ。だって、桜草は売り先を教えてくれて、このままだったら売れ残るかもしれない朝顔の鉢は自分で買ってくださってるのよ。そこまでしてくれる人、他にいる？」

「いないわ」

「おみっちゃんのほうから話しかけるようになったらきっと大丈夫。うまくいくって」

意気揚々と告げたはるに、

「大丈夫ってなにがどう大丈夫なの。与七さんは誰にだって親切なのよ。あたしだけじゃあない。おはるちゃんが困ってても見かねて親切にしてくれる人じゃない。外に干した梅を、入れとくかどうかをわざわざ聞きにくるような人なのよ。だから、あたし、もうそろそろ諦《あきら》めようとしてたのに」

とみちが応じる。

「諦めようって？」

「だってあたしにはもったいないような人なんだ。おはるちゃんには、あたし、最初からそう言っていたよ。あたしには弥助がいるんだからさ、誰かと夫婦になるなんて考えちゃあならないんだ。まず弥助を立派に育てる。それだけ考えて働いてかないとならないのに。惚《ほ》れたはれたとか、そんなよそ見なんてしてらんないんだ」

みちは、自分自身に言い聞かせるみたいにそう言った。

「それに、あたしはもう二十歳《はたち》を超えて、薹《とう》の立った、日に焼けて真っ黒で、着物の裾《すそ》をからげて脚絆《きゃはん》を履いて天秤棒担いでるような女なんだよ。与七さんはそりゃあ親切にしてくれるさ。だってあたし、かわいそうだもん。そりゃあ、もっとかわいそうな女は他にもいる。でも、自分のすぐ目の前にいる相手がいっとう、かわいそうなもんだろう？　与七さんは、見えてる範囲でいっとう、かわいそうな女に、親切にしてくれてるんだ」

ぽいっと投げ捨てるように言われたその言葉に、はるは、すぐに言い返すことができなかった。なぜなら、みちの語っていることのほとんどが、本当のことだったから。

年の離れた弟を女手ひとつで食わせて、育てなきゃならない。立派に育てることだけ考えて、よそ見をしている余裕なんてない。みちはずっとそうやって暮らしてきた。

はるだって、みちの境遇を聞いて、みちのいままでの努力を間近で見て、大変だろうとずっと思ってきた。その「大変だろう」と気遣う気持ちの裏側にあるのは「かわいそうに」という同情じゃないとは言い切れない。

みちを下に見ているわけではない。はるもまた、なにかひとつ違っていたら、みちと同じような苦労をすることになっただろうと思うからこその「かわいそう」。はるには、たまたま、兄がいたから。その兄が、はるを親戚《しんせき》に預けていってくれたから。親戚の家を出なくてはと思ったときに、彦三郎が兄の文をたずさえてやって来てくれたから。彦三郎がはるを江戸に連れてきて『なずな』の板場に立たせてくれたから。

自分は幸運だった。みちは不運だった。ほんのわずかの、自分ではどうにもならない「なにか」の差。

かわいそうにと、思っていないと言ったら、嘘になる。

それと同時に、みちが、そう思われたくないという気持ちもわかるのだ。自分もまた、みちに近いところにいるからこそ、わかるのだ。

たとえば野良犬に餌《えさ》をやるみたいな優しさなら、いらないのだ。

それで笑っていられるほど、はるやみちは、したたかではない。同情されると傷ついてしまう。

「与七さんは、そういうんじゃあないよ」

そういうのってどういうのかと聞かれるかと思ったが、みちは問うてはこなかった。

そのかわりに、自嘲《じちょう》するように笑ってみせた。

「そうかな。最近、そこもわからない。優しくされると、自分がかわいそうな気持ちになって、みっともないような気になることがあるんだよ。好きになんてなっちゃったから、面倒で、嫌な気持ちも抱えちまった」

自分の恋心を、抱えたくなかった重たい荷物であるかのように、みちは言う。

「やらなきゃならないことの合間に、惚れたはれたをねじ込むのはよくないね。忙しく働いて、その隙間《すきま》に、どうでもいい程度に、与七さんにのぼせてればよかったんだ。朝一番に売りにいって、話しかけられると、ぼうっとして、その後、数日ふわふわして、がんばって働こうって思える程度がよかった。なのに、おはるちゃんが、あたしと与七さんとをくっつけようとそうやって小細工するから、あたしはどんどん、つらくて、寂しくなっちまって」

「寂しくって、どういうこと」

　小声で聞いた。

「寂しいは、寂しいさ。だってたくさん望んだところで〝足りない〟もんは足りないまんまだ。埋められないもんは、埋められないまんまだ。与七さんの顔を見られたら嬉《うれ》しいし、話しかけてくれりゃあ嬉しいって気持ちでいるうちはよかったよ。けど、もしかしたらあたしのこと振り向いてくれるかもなんて、うっかり思い描くようになったら、もう駄目さ。だって、夫婦になるなんて、無理だ。与七さんは、あたしのことなんとも思っちゃあいないの、わかってる」

　前みたいにちっちゃな望みだけ抱えてぼてふりでまわってれば、毎日幸せだったのにと、みちがつぶやく。

「親しくなればなっていくだけ、それ以上の大きなことを望んじまうんだ。そうしたら、今度は、無理なことや、できないだろうことばっかり気になって、つらくなる。あたしじゃあ、足りないって気づいてるから」

「………」

「あんたが軽はずみに〝大丈夫〟なんて言うからさ。〝与七さんはずっと嫁さんを探してるし、夫婦にだってなれる〟みたいなことも言うからさ。なんだか、苛々《いらいら》してくるんだ。話ができたら幸せだったのに、いまのあたしは、与七さんの側にいても、もう前ほど幸せじゃないんだ。恋仲にならないと幸せになれない。夫婦になれないとちっとも大丈夫じゃあない。そんなふうに思えてきた。なれやしないのにっ」

そこで、みちの声がきゅっと頼りなくすぼまった。

「……親切にしてくれたあんたに、こんな言い方して、ごめん。おはるちゃんのせいにした。そうじゃなくて、あたしが気持ちを大きくしちまったばっかりに、勝手に寂しくなっただけだ」

はるは「ううん。あやまられるようなことはなにも」と首を横に振る。

「いや、いまのはあたしが悪かった」

みちが言う。

「あたし、いままでは朝一番に与七さんと『なずな』に来てたけど、ここんとこ他をまわってから花川戸にくるようにしたんだよ。それはそれでちゃんと商いができてる。別に毎日、与七さんの顔を見なくてもいい。話さなくてもいい。どんどん遠ざかっていったら、そのうち気持ちなんて断ち切れる。与七さんとこに寄らない日だって作ってるんだ。だっていうのにさ……どうして」

みちが、うつむいて嘆息した。

「どうして与七さん、わざわざ『なずな』に顔を出すんだい。あの人ってば、意地悪だ。あたしが必死で気持ちを断ち切ろうとしてんのにさ。おはるちゃんもだよ。勘弁してよ。あたし、出前なんてしないからね」

みちはのろのろと立ち上がり、はるを見て苦笑する。

「そんなに申し訳なさそうな顔してんじゃあないよ。もう。あんたやっぱり顔が上手いから。別にあたしあんたのこと怒ってるわけじゃないよ、いまのは八つ当たり。でも、諦めようとしてるのは、本当さ」

だってあたしは、こんなだからさ。

みちは自分の姿を見下ろして、小さく笑った。

気持ちのいい笑いじゃない。裾をからげて脚絆をつけて、男みたいななりをして駆けまわっている己を自嘲する、悲しい笑いだ。

みちの笑顔があまりにも寂しげで、はるの胸がぎゅうっと痛む。

「諦めるとか言わないで。だって、おみっちゃん。与七さん、梅のざるを持ってきてくれてないじゃないの」

はるは、みちの肩に触れ、顔を覗き込む。まん丸の大きな目に薄く涙が滲《にじ》んでいる。

みちは「それがなんだ」という顔で、はるを見ている。

気づかないのだろうか、みちは。

与七はたしかに誰に対しても親切だけど、今日、いまこのときに限っては、みちのことだけ見に来たということに。

「つまり、わたしには親切じゃあなかったんだよ、いま。それでね、与七さん、ぼてふりの声を聞いてから、うちの店に来たんだよ。おみっちゃんの声を聞いて、わざわざ顔を見に来たんだよ」

「え」

「おみっちゃんのあの呼び声、他のぼてふりとは違うもの。まず、女の人の声ってだけで聞き分けられる。特に、今日の呼び声は、わかりやすく違ったもの。いろんなものを一緒に商って、大声で言うのって、おみっちゃんだけだよ。おみっちゃんがいるのが、わかってて来たんだ」

みちの話を聞いて、わかってしまった。

与七は、いつも立ち寄ってくれていたみちが、ずっと自分のところに寄ってくれなくなっていたから、心配になったのだ。

それで、みちの声を聞いて、いてもたってもいられずに裏の路地からやって来た。

しかも、その気持ちをまっすぐに言えなかったのだ。わざわざ、はるの梅の実を口実にしないと入れなかったのだ。

誰にでも優しくて親切な与七が、無条件に優しくすることと親切にすることを、ためらった。

どうして、と、みちはさっき聞いていた。

与七もみちのことを好きだからじゃあないだろうか。みちが与七を避けた理由がわからなくて、だけど、みちのことを心配でならなくて、いてもたってもいられなかったのではないだろうか。

「梅を取り込もうかなんて口実だよ。結局、梅のざるのことなんて目もくれずに戻っていっちゃったじゃない。おみっちゃんのことしか考えてないんだって。与七さんが誰にでも優しいのは本当だけど、今日、いまさっき、与七さんが優しくしたかったのは、おみっちゃんだけだと思う」

「それって……」

「かわいそうがってるんじゃあなくて、ちゃんと心配してくれたんだと思う」

怪訝そうにしていたみちだったが、いっとき眉間《みけん》に寄せられたしわが、ゆっくりと解かれていく。はるの言葉を理解したのだろうか、みちは、目を丸くして、もう一度
「それって、だけど、あの人は親切だから、今日だけたまたま」と、つぶやいた。

「今日だけたまたまだからって、なんなのよ。だいたい、与七さんを自分にはもったいない人だなんて言わないでよ。おみっちゃんみたいに気立てがよくて働き者、むしろ与七さんにはもったいないくらいなんだから」

みちは毎日毎日、その日を精一杯、胸を張って生きている。まぶしいなと目を細めるくらい清々《すがすが》しくて、頑張り屋の大切な友だちだ。

もったいないなんて言わせたくない。

「そうだよ。むしろ与七さんにはおみっちゃんは、もったいないよ。こんなふうに、同情されてるだけなんだろうとか、自分はみっともないかもしれないって思わせるような男、もったいないよ。親切の仕方が、頼りないから、そんな気持ちになるに違いないんだわ。与七さんは頼りない」

はるにしては強気で言うと、

「そんなことないわよっ。与七さんは真面目《まじめ》な働き者で気働きもできるし誰だってあの人のこと悪く言わない、そういう人なんだからっ」

と、みちが食ってかかってきた。

ここでむきになって言い返してくるのかと、はるは、思わず噴きだした。

自分のことは小さく見積もって、与七のことをはるに悪く言われると、怒りだす。

みちは、与七にとことん惚れているんだと思う。

「なんで笑うのよ」

みちの目尻がきりりっと上がる。勝ち気が先に立ち、はるを睨んでいる。みちだって

「顔が上手」じゃないか。笑ったり、泣きそうになったり、怒ったり。

「おみっちゃん、よっぽど与七さんのこと、好きなんだなあって思ったから。与七さんの悪口言ったら怒るなんて。……だったら諦めるなんていいっこなしだってば。だっておみっちゃんに、幸せになってもらいたいもん」

「幸せにって」

「わたしが、おみっちゃんに幸せになってもらえないと、嫌だなって思っちゃったんだ。わたしも、おみっちゃんのこと悪く言われると、むかっとするよ。たとえそれが、おみっちゃん自身であっても聞いてて悲しい」

だってさぁ、おみっちゃんは、わたしが見てきたいろんな女の人たちのなかでも、とびっきりにかわいいよ。

小声で告げたら、みちが瞬いた。溜《た》まっていた涙が一滴だけ、つるりと頬を滑っていった。

「だから、お願い。今日ばっかりはわたしの我《わ》が儘《まま》を聞いてよ。わたし、そんなに我

が儘を他人に言えるような質《たち》じゃあないから、これを聞いてくれなかったら、きっとこの先、二度と、おみっちゃんに願い事を言うことないと思うんだ」

みちの頰を袖《そで》でくいっと拭《ふ》いてささやくと、

「なによ、その頼み方。そんな我が儘の言い方、聞いたことない」

みちが頰をぷうっと膨らませた。

「おみっちゃんやっぱり昼に出前に来てよ。絶対よ」

はるはみちに顔を近づけて、念を押したのだった。


なんとかみちに昼に来てくれることを同意させて、みちの姿を見送った。

ひとりになると、ふぅと吐息が零れて落ちた。たいして働いてもいないのに、朝からすごく活躍したようなそんな気になった。

空は曇天だが、雨の降る前の匂《にお》いはしない。

灰色の雲の向こう側にちらりと白いお日様が見え隠れしている。

「言うほど、天気が悪いわけでもないじゃない。やっぱり、梅の実は口実よね」

つまり与七は、みちのことが気になって仕方なかったに違いない。

はるは、勝手口を開けたまま板場に立って、たんたんと音をさせて包丁で青物を刻みながら、考える。

みちの涙は、はるには効いた。

もちろんあんなのは与七にだって効くに違いない。

はるがやればいいのは、与七とみちがふたりきりになって思いの丈を告白できる場を作ることだ。

「出前じゃあ、いって帰ってくるだけになってしまうものね。ここは弁当をふたりに持たせて、ふたりでどこかにいってもらったらいいのかもしれないわ。誰にも邪魔されないような場所」

そんな場所は、あるのだろうか。

もやもやと考え事をしているうちに、気づけば料理を作り終えてしまった。鰯は、つみれ汁にもしたし、鯵に粉をはたいて揚げて甘酢につけた南蛮漬けも作った。海老の天ぷらに蓮根の天ぷらも揚げた。

こんなにたくさん作ってしまって、はたして今日、客がこなかったらどうしよう。

はるは、かんてんと豆腐を使ってこおりどうふを作りだす。手を動かさないと、頭のなかがうまくまとまらない。

今日はこのまま川開きのための弁当も作り、治兵衛に食べてもらわなくてはならない。いつもよりたくさんのものを作るから、はるの手はずっと動いている。太刀魚も串を刺したのをねじり焼きにする。のらぼう菜も胡麻和えに、卵焼きも綺麗に焼いた。空豆は注文を受けてから焼けばいい。

彦三郎がやって来たのは、はるが作ったものがすべてちょうどよく冷めた頃《ころ》だった。はるは、漆塗の弁当箱に、こおりどうふにのらぼう菜の胡麻和え、太刀魚に、卵焼きにとおかずを詰める。

「はるさん、治兵衛さんから、今日は遅れるって伝言があった。でも心配はしないでいいよ。また腰をやったとかそういうんじゃあなくて、いたって元気だ。ただ、その提重の弁当はさすがにうちで売るのは荷が重かったかもしれないねってんで、笹本さまのところに寄ってくるってさ」

「笹本さま……ですか。だけどお武家さまは船遊びは禁止じゃあなかったかしら」

「幕府から禁じられてる。でも船に乗らずにうちで弁当を食べるぶんには、いいだろうって。笹本さまのお母さんは、前に、はるさんの卵のお粥《かゆ》を食べさせてもらってるだろう？　あれが美味しかったからぜひ『なずな』でものが食べたいって言ってたんだそうだよ」

「そうなんですか」

「けど、笹本さまは、お母さんとキエさんに来られたら『なずな』で息抜きができなくなるって、渋ってたんだそうだ。だったらその提重で出前をしたら、笹本さまとお母さんのふたりの願いが、両方、叶《かな》うからって、昨夜、治兵衛さんは突然思いついたんだとさ。それでひとつは売れる。安心だ」

ひとつは、売れる。

「……ありがとうございます」

感謝の言葉が勝手に漏《も》れる。

ぶっきらぼうだけど、親切なのが、治兵衛らしい。はるを鍛えながら、後ろでそうやって目を配ってくれている。

お母さまが食べるなら、とはるは思う。

柔らかいものをお好みだ。弁当の中味はどれもそこまで固くはないし、熱くも冷たくもないから、歯茎に染みるものではない。瓜の漬け物と青柳の串は固いかもしれないから、それのぶん卵焼きと海老の天ぷらを多めにしよう。

「どういたしまして。って、俺の手柄じゃないけどさ」

ところでそれが、と、彦三郎が身を乗りだす。

「売りだしたいって言ってた花火弁当かい。船宿や料亭には負けるし、屋台の手軽さにも勝てそうにないから、そのあいだくらいにおさまる弁当にしたいって言ってたわりには、すごいご馳走《ちそう》だ。それなら笹本さまも大喜びだな。この太刀魚、おもしろい形してんなあ。描《か》き甲斐《がい》がある」

彦三郎がうきうきとした顔で、食べるより先に絵筆と紙の用意をしだす。

「はい。揚げ物があると嵩《かさ》が増すし、見映《みば》えもするんで天ぷらも入れて……。卵焼きはご馳走だし、はずせませんでした。暑くても悪くならないものってなると濃い味のものと揚げたものに焼き魚になるんですよね」

俵形の握り飯は、刻んだ梅干しを混ぜたもの。白いのは、出汁をとったあとの鰹節と昆布の佃煮をなかに入れ、外は塩だけで握っている。鰹を甘辛く煮たものを混ぜてから握ったものもある。三種類の握り飯につけるように、あぶった海苔も用意した。

「だけど、それでもおかずが足りなくて」

ちょっとした隙間に漬け物を入れるが、それでもぽかりと空白が空いているのだ。箱が立派なぶん、その空白が目立つ気がする。充分以上におかずがあるのに、ほんのわずかの隙間が、みずぼらしさを感じさせる。たぶんこれだと傾けて持ち歩いたら、おかずが片寄る。

同じだけの品数で、器に盛って盆に載せたり、膳に盛り付けたなら、そこそこのご馳走に見えるはずなのに、平らにして大きな箱に入れると、空白ばかりが悪目立ちする。

──あたしが気持ちを大きくしちまったばっかりに、勝手に寂しくなっただけだ。

みちの言った言葉を思いだす。

「こういうことなのかしら」

ぽつりとつぶやきが零れた。

入れ物の形を整えてしまったせいで、目立った空白。品数はちゃんと多いのに、膳の上より寂しく見える弁当。余白があるから、わずかな揺れで、たぶん、片寄ってしまうに違いない。

はるが、みちを応援し、みちと与七を一緒にする機会を前より多く作ったせいで、みちの心の形が整ったのだろうか。恋する胸が膨らんで、思いも深く、大きくなったのだろうか。足りないなにかが目立つくらいに、思いの形だけが膨らんでいって、身動きするたびに中味がずれて片寄ったのか。

恋が重荷になったみたいな苦い言い方の意味を、弁当箱の隙間でやっと合点するなんて、はるはどこまでも、はるだった。

「どういうことなんだい」

紙を持って小上がりに腰かけた彦三郎がなんということもない調子で聞き返してきた。

ごまかそうとして「なんでもないです」と隙間に天ぷらを差し入れた。

足りない部分は、数で埋めていく。今日はお試しの弁当の日。お母さまのぶんの青柳の串焼きと瓜のぬか漬けを外し、かわりに卵焼きと海老の天ぷらを詰める。

ひとつのお重に三種の握り飯。

もうひとつのお重に海老の天ぷらに太刀魚の手綱焼き。のらぼう菜の胡麻和え。卵焼き。笹本のぶんのお重には蓮根の天ぷらと瓜のぬか漬けに青柳の串。

お重を詰めて、彦三郎の座っているところに運んでいく。

「これは、笹本さまの分です。こっちのぬか漬けがないのは、お母さまのです。食べちゃ駄目ですよ。描いていただくのに持ってきたんだから」

うずうずとつまみ食いしようとした彦三郎に釘を刺し、はるは、厨にまた戻る。

新しくもうひとつお重を取りだし、同じ弁当を詰めだした。

「そっちはじゃあ、俺の分かい」

「違います。こっちは、与七さんとおみっちゃんの分です。昼に、おみっちゃんに、与七さんのところに出前にいってもらうんです」

はるは、今朝、みちが『なずな』に来たときに、与七が梅の実を片付けるのを口実にやって来たことを彦三郎に話す。

「そりゃあ、惚れてるね。与七は誰にでも優しい男だけどさ、そのぶん、そんなふうにまわりくどく他人を口実にして誰かの顔を見にくることなんてことはしなかった。おみちのことだけは特別ってわけだ」

「ですよね。彦三郎さんもそう思いますよね」

「ああ。だけど、俺が気づきもしなかったのに、はるさんだけが気づくってのは、ちっと妬《や》ける」

妬けるって、誰にだろう。ふと思ったが聞かないまま、話を続ける。

「おみっちゃんは昼に来てくれるから、与七さんの昼ご飯と一緒にお弁当も出前してもらうんです。そのままこのお弁当箱持って川開きにいってきてって言うつもりです。これを船で食べて、ついでに花火を見てきたらいいんだわって。そのあいだの店番は熊ちゃんに頼んで、熊ちゃんの駄賃はわたしが用立てます」

「へえ。いいねえ。与七にしてはがんばって考えたな。おみちも、それなら喜ぶだろうな」

「いえ。これはわたしが決めたことです。まだ与七さんも知りません。だってあのふたり焦れったいんだもの」

彦三郎が「へ」と変な声をあげてから「そりゃあ、いい。それくらいするのがいい。はるさんとおみちにそこまでされたら、あそこまでこじらせた独り身の男だって、腰をあげるさ」と笑いだした。

「与七はなあ、鈍いんだ。自分はもてないと決めているところがあってなあ。なるほど、そうするしかないよな。この弁当のお代は俺も出すよ」

「え、彦三郎さんがお金を」

顔をあげてぽかんと見たら、彦三郎が少し傷ついた顔になった。

「俺もどうしてここのところ、なかなか稼いでいるんだぜ。草木を描く腕がいいって、岩崎灌園《いわさきかんえん》先生っていう、えっらい学者さまにも絵を頼まれて、押し花だって作ってるんだ。押し花ってのはあれはとても繊細で、勘がいいって誉《ほ》められたんだからな」

「押し花って、勘がいいとか悪いとかあるんですか」

疑り深い声になり「そんな治兵衛さんみたいな聞き方するなよ、はるさん」と彦三郎が情けなく笑う。

「岩崎先生はシーボルトさんともご縁があって文のやり取りをしているって聞いたんだ」

「シーボルトさん……」

「はるさんのお兄さんの絵、シーボルトさんのところに渡してもらえるよう岩崎先生にも頼んだんだ。ああ、そういえばさ、岩崎先生のところでこのあいだ竹之内さんと会ったよ。まさかこんなところで会うとはなって、ふたりで言い合った。竹之内さんはあのあと、一回だけ『なずな』に来てくれたよな」

「はい」

「竹之内さんはまた『なずな』に寄ってくれるってさ。次に『なずな』に来るときは、懐かしい料理を食べるだけじゃなく、はるさんに自分がなにかを成し遂げた報告をしたいって、そう言っていた。すごくしっかり過ごしているよ」

「そうですか」

「江戸ってのは広いようで狭いもんなんだなあ。それともちゃんと、はるさんの兄さんにつながるところを探しているから、会う人がきちんと狭まってきた結果かな」

竹之内は、そもそもシーボルトさんのところではるの兄に似た人を見た気がすると言った人である。

「竹之内さんが来てくださるのは嬉しいし、寅吉兄さんを捜してくださるのもありがたいです。でも、彦三郎さん、毎日、朝から晩までうちに来てるのに、どの時間に学者先生のところで絵を描いたり、押し花をしたりしてるんですか」

怪訝に思い尋ねると、

「そんなの深夜に泊まり込みに決まってるだろう。寝たり起きたりしながら絵を描いて、そこそこ楽しい」

と彦三郎が応じる。

身体《からだ》を壊したりしないのかと聞こうとしたが「いや、嘘だ。ものすごく楽しいよ。『なずな』で料理の絵を描いて、ものを食べて、夜は草木の絵を描いて押し花を作ってさ。俺は、絵がよっぽど好きだ」と真面目な顔で続けられたので、はるは口をつぐんだ。

「そのうち忙しくて『なずな』に来られなくなったとしても、心配しないでくれよ。おかしなことはしてないからさ」

「心配なんてしませんよ」

咄嗟《とっさ》にそう言い返してしまってから、自分の声の尖《とが》り具合にはっとする。

好きな絵を描いているのだと言われたら「よかった」と思うべきなのに。

「うん」

彦三郎が柔らかくうなずいた。

はるは、うつむいて、再び、弁当箱におかずを詰めはじめる。

どうしてだろう。

はるは、いま、ひどく寂しくなってしまった。

「これは、おみっちゃんと与七さんの、ふたりの思いを深めるための弁当なんです」

そんなことを口走りながら、箸を使う。

寂しくなくなるといいと思い、みちの心の中味が満ち足りたものになりますようにと願いながら、はるは弁当箱におかずをぎゅっと詰めていく。

自信は自分の力でしか勝ち取れないからこそ、揺すぶられても動かなくなるくらい、たくさんの中味を詰めこみたい。

みちの心の形が大きくなるまで膨らんだあと、そこに詰める中味のひとつに、はるの言葉や後押しを使ってくれたらいい。

その手助けにこの弁当がなったら、いい。

みちの心の中味が満ち足りたものになりますように。

彦三郎は、はるの手もとを見つめている。いつもなら絵筆をとって献立絵を描いているのに、治兵衛がいないから怠けているのだ。

「彦三郎さん、弁当の絵はいつできるんですか」

顔を上げ、強く言うと「なんで怒ってるんだ、はるさん」と彦三郎はひゅっと肩をすくめて、小上がりに戻った。

さらさらと弁当の絵を描きだす彦三郎を、はるは眺める。背中を少し丸めて、じっと弁当のおかずを眺めてから、紙にとんと絵筆を置いて、迷うことなく腕を動かす男の姿は、いつものぐうたらで眠たげな顔とはうってかわって、楽しげで、それでいて目つきはきりっと鋭いものだから——嫌になる。

ちょっとだけ、かっこいいと感じてしまうから、困るのだ。

「笹の弁当も作るんです。そっちも同じものを少しだけで、笹寿司じゃなく海苔を巻いた握り飯です。もしもこの弁当箱に詰めたやつも売れるかもしれないってなったら、もっと小さな、みんなが持ってる桐《きり》の弁当箱を買ってきてそれにしようかと思ってたけど……やってみたら違った気がする。わたしの手にはあまる仕事かもしれない……」

ぼんやりとつぶやくはるに、

「そうだよなあ。この提重じゃあ、熊吉の天秤棒に、ひとつずつしか下げられないもんな。提重の弁当は、あらかじめ頼んでくれる数人だけにしとかないと、無理じゃあないか。熊吉が売り歩くのは難儀だろう」

「そうですね。作ってみて、わかりました。わたしには荷が重い」

治兵衛が気にして、笹本に声をかけてひとつ売ってくれるくらい荷が重い。

それでもやってみたいと思ったから、仕方ないといまは思える。昔だったらここですぐにへこたれて、自分は駄目だと思ったところだったが。

「こういうのも作れますよっていう献立絵を弁当箱で描いてもらって、それを貼《は》ることにします。前日に頼んでくれたら、花火弁当の作り置きをして弁当箱でお渡ししますって。一日、限定、五個までですね」

治兵衛の蔵から出てきた提重の数にあわせると、そうなるのだ。

これが、いまのはるにとっての、適量だ。それ以上のことをしようとするのは荷が重い。

「笹で作る弁当は、俺が詰めて、紐《ひも》で結んで、外で売ってやるよ」

彦三郎ははるの言葉にうなずいて、自ら手伝いを買って出てくれたのだった。

花見弁当と同じに外に絵を貼り、台を置いてその上に笹に包んで紐でくくった弁当をいくつか積んだ。花見の時期より暑いから、日のあたる場所に長く置くのはよくない。提重は空のものをひとつ置き、彦三郎に描いてもらった弁当の絵をつけて「前日に頼んでくれたら、作り置きます」と大きな文字で目立つように書いてもらった。

どんどん人が増えてきて、歩く人の数が桁《けた》違いだ。祭りのときと同じか、もしかしたらそれ以上の人出かもしれない。

「あ、花見のときにここで弁当を買ったんだ。今回のは握り飯なんだな。前が美味しかったからひとつもらおうか」

足を止めて買い求めてくれる客が何人かいて、はるはその度に「ありがとうございます」と大きな声を出して頭を下げる。作りすぎたかもしれないと思ったが、途中で、箱弁当を諦めたのが、ちょうどよかった。笹に包んだものはちゃんと売れ、提重は「さすがにここまでお大尽じゃあねぇな」と敬遠される。

店のなかに入ってくる客も、いつもよりずっと少ない。人混みに流されるように道を歩き、大川へと向かっていく。船宿もしくは屋台が目当てで、このあたりの店で昼を食べたりはしないのだろう。

自分の読みはまだまだで、治兵衛に聞かないとどうにもならない。苦い気持ちで心が萎《しお》れるが、たった一度の失敗ではもう折れない。弱気の虫は追い払ったのだ。間違いは、間違いだと頭《こうべ》を垂れるだけだった。

笹本が治兵衛と一緒にやって来たのは、見込んだ数の半ば以上が売れた真昼九つ（十二時）の鐘が鳴ったときである。

治兵衛はちらりと笹の弁当の山を見てから、店の奥を覗き込む。見世棚に載った皿の縁に「ふん」と小さく鼻を鳴らした。不満げな顔つきに、はるの胃のあたりがきゅっと縮こまるが、これもどうしようもない。間違いは、間違いだ。

「笹本さまは提重の弁当を持っていってくださる。用意はできているかい」

「はい。店の奥の涼しいところに。いま持って参ります」

作った提重を手にして戻り「お母さまのぶんは瓜の漬け物と青柳の串が入っていないほうです。他はだいたい柔らかいものだから大丈夫だと思うんですが、もし食べられないものがあったら教えてください」

献立絵を指で示して中味を伝えると「美味しそうだ。母もこれで喜びます」と笹本が笑顔を見せた。

「あと、こっちは笹の葉包みで、お酒はついていませんし、量も少なくなってしまうけど、中味は同じです。その提重は二人前で作っているから笹本さまの分が足りないんじゃないかと思って」

と笹包みで紐で縛った花火弁当も手渡した。

「これはかたじけない。ありがたい。そうなんです。妹と母にとられて、私の口には入らないなと思っていました」

「喜んでいただけるならよかったです」

笹本は提重の作り置きできますの文字を読み、

「ああ。なるほど。前日に頼んだらこの弁当が買えるんだな。川開きのあいだにあと一回は〝買ってこい〟って言われそうだ」

とうなずいている。

「ぜひ。お待ちしてます」

「うん」

笹包みの弁当と一緒に提重を手にぶら下げて、笹本はいそいそと帰っていった。

次にやって来たのは、みちである。はるは慌てて店に駆け込み、提重をみちに押しつけ、さらにみちの片手を摑《つか》んで引きずっていく。

隣の与七の店は目と鼻の先。なんなら与七はずっと『なずな』の弁当の売れ行きを眺めていた。みちとはるがやって来たので、与七が「お」と声をあげる。

熊吉がまだ来ないのが誤算だった。与七の店番をどうしよう。でも、とにかく弁当を渡して「花火を見にいって」と伝えないことには、はるの計画ははじまらないのである。

なにも言わないのに、彦三郎がはるたちの後ろをついてくる。きっと、与七とみちのことが気になって、野次馬をしに来たのだろう。あるいは、はるがうまくやってのけられないときには、なんとか与七とみちを丸め込もうとしてくれるために。それとも熊吉の代わりの店番か。彦三郎は、そういう人だ。

「俺の出前に三人がかりか」

与七が困惑したのか、わずかに後ろに身体を引いた。

そういえば昼ご飯を持ってくるのを忘れたと気づいたのは、与七の顔を見てからだ。

「ごめんなさい。お昼ご飯を忘れました。お弁当に空豆は入ってないけど、それは明日の昼に作るから。考えることが多すぎて、空豆を入れ忘れてしまったんです。それでこれはうちの特製の花火弁当です」

花火弁当。

持たされたみちも、言われた与七も、きょとんとしている。

そんなものは頼んでいないと言いたげな顔だった。

「お昼ご飯は、いまから作って持ってきます。でもその前にお弁当です。今日は川開きで、花火があがるんでしょう？　好きな相手とそういうの、見られたらいいんじゃないかって思ったんです。おみっちゃんと、与七さん、これを持って舟を借りて乗るなり、川辺でちょうどいい場所で弁当を広げるなりして、花火を見てくれたらいいって。お代は彦三郎さんからいただいてるんでっ」

「なんで、彦が」

与七が仰天したようにのけぞった。

「なんでって言われると、たまには、いいことしたいから？」

ここぞというときにいつも断言しないで、問い掛けるのは彦三郎の悪い癖だ。

「そんなことより与七、みんなが見てる」

はっとしたようにあたりを見回す。木戸番小屋で囲碁と将棋をしていたはずの男たちが、こそっと与七を見つめている。木戸の向こうから、ふみが大根を片手に、与七を見つめている。道行く人たちは急いでいるが、界隈《かいわい》の、与七を知っているみんなが与七がどうするかに注目している。

与七はお気楽長屋の木戸番で、みんなは与七のことが好きなのだ。いつだってこの独り身の男が、いい嫁を迎え入れることができたらいいと願っている。近所の口うるさくてお節介な連中に、そういうことを願わせる男なのである。

「早いとこそれ持って、おみちを引きずっていかないと。長屋のみんなと木戸番小屋でたむろっている連中に笑われるよ、さすがにさ。ここで決めなきゃ男がすたるっていうのかね。なにより——おみちに恥をかかせるな」

最後の言葉は与七の耳元に近づいて小声だった。それでも、はるとみちには届いたのだ。そして与七はそれでやっと、

「わかった」

とみちの手を取った。

「おみち、嫁に来い」

言い放ったのがそれである。

「いきなり嫁に」

はるは思わずそうつぶやいてしまったし、その前に言うことがいくつもあるのではと思ったけれど、おみちが真っ赤になって「うん」と言ったから、なにもかもがそれでいいという気持ちになった。

わっとまわりのみんなが湧いたが「見せもんじゃねぇ。おみち、いくぞ。昼飯は俺

がおごってやる。花火は舟で見ようじゃねぇか」と与七がやっと男気を見せて、みちの手を握りしめ、引っ張っていく。

「そうそう。見せ物じゃあないんだ。さて」

当たり前の顔をして彦三郎が与七のかわりに店番として腰を据えた。

熊吉が昼過ぎに顔を見せ、笹包みの弁当を天秤棒に担いで振り売りに出ていった。朝から昼は客が来なくて閑古鳥《かんこどり》だったが、夕七つ（午後四時）を過ぎたくらいからぽちぽちとふりの客が顔を出す。ここで軽く腹ごしらえをしてから、屋台を冷やかし、歩きながら花火を見上げようというのだろう。

若い男女のふたり連れもいれば、男同士もいる。親子連れもちらほらと混じっている。ふだんの『なずな』とはまったく違う客層が、はるには見慣れぬ光景であった。

今宵は升田屋の船頭たちも誰もこない。

いつもの馴染みの客たちも混んでいるのを敬遠したか、誰ひとり顔を出さない一日である。

「船に乗るような銭もねぇし、料亭の弁当なんてもちろん喰《く》えやしないけど、こういうところでちょっと一杯引っかけて、それであの笹の弁当を食べて花火を見ようじゃないか」

男連れの客のひとりがそう言って、店のなかで冷や酒で鯵のたたきを食べている。なるほど。大きな立派な弁当は、この客たちとは馴染まない。たまの贅沢で親子や、若いふたりが買っていき、歩きながら食べられるもの。そういう意味では春の花見弁当は『なずな』にも、ここにいる客たちにも、ちょうどよかったのだ。

朝は雨を心配していたが、なんとか天気はもってくれた。

梅のざるを取り込みに外に出ると、早い風が雲を散らし、空はまだらに晴れている。雲の合間に星がかすかに瞬いている。

「花火って、どんなもんなんだろう」

そういえばはるは、花火を見たことがないのである。店を閉めたら、はるも二階の窓から見ようか。それとも、川縁をそぞろ歩こうか。こんな夜に声をかけられるのは、みちだったのに、今夜はみちを与七に取られてしまった。

きっとはるは、少し、寂しい顔をしていたのだろう。店に戻ると、治兵衛が「どうした。考え込んで」と声をかける。

「提重はわたしには早すぎたなって。わかっていたことなのに、花見弁当が売れたから、試してみたくなったんです。治兵衛さんがすぐに弁当箱を持ってきてくださって、試させてくれて、助かりました」

「それは別にいいさ。きっちり前向いて、やりたいことができた証だ。見込み違いの失敗は、ひとつひとつ直していけばいい。それよりもはるさん。いま来てるお客さんたちの顔を見たかい」

治兵衛がにっと笑って言った。なにかをそそのかすみたいな楽しげな、この笑い方。

はるは慌てて店内を見回す。

なにを治兵衛は伝えたいのだろう。商いの楽しさの、大切なところが今宵の客の顔ぶれに見つかったということなのだろうけれど。

「あ」

はるは思わず声をあげた。

席は満員。そして、ここの客たちは、全員、はるが『なずな』をまかされてから訪れてくれるようになった人ばかりだ。なかには見たことのない顔もいる。

いままでは満員になったとしても『なずな』の先代の店主の馴染みの客が大半だった。が、今日は、たまたま外に貼られた献立絵に惹かれて入ってきた、ふりの客と、まだ二回目か三回目くらいの客たちで満席になっている。

全員が直二郎の客ではなく、はるの客。

さらに、一見の客。

ぞわりと肌が粟立《あわだ》った。

「みんな、はるさんのお客さんだ。直二郎の馴染みじゃない客だけで、店が埋まった日。覚えておきな。あんたの笹包みの弁当はちゃんとうまくいったんだ。この先長くやっていくなら、いまの気持ち、覚えておきな」

「はい」

ゆっくりと気持ちが満たされていく。

こういう日をかき集め、些細《ささい》なきっかけや嬉しいことを蓄えて、自分はずっと料理を作っていける。うまくいくときと同じくらい、うまくいかないことがあったとしても。できないことを糧にして、小さな自信を積み上げて、勝ったり負けたりして進んでいけるとそう思えた。

その瞬間、はるは自分が『なずな』をやっていけると、心の底から信じることができたのだった。

弁当はそこそこに売れたけれど、売り切れはしなかった。作り過ぎたことを反省したが、それでもやり遂げた気持ちになれた。

治兵衛を見送り、店を閉めるために外に出て、暖簾に手をかける。置きっぱなしになっていた床几《しょうぎ》に手をかけると「それは手伝うよ」と、隣からひょこひょことやって来たのは彦三郎だ。

「ありがとう。与七さん、まだ帰ってこないのね」

「そりゃあそうだろ。あんな立派な弁当を持ってったんだ。花火を見るまでは帰れないさ。与七のことだから、まっすぐ大川にいかないで、弥助のことも連れて、三人で、舟を浮かべてるんじゃないかねえ。それならさ、よけいに花火を見終えるまで帰れないだろ」

「そうかもしれないですね。だったら弁当の握り飯、ちょっと足りなかったかもしれないわ」

弟ひとりを家に置いていけるみちではないし、置いていこうとする与七でもない。

「そう言われてまず弁当の心配か。はるさんらしいや」

彦三郎が笑って言った。

そのときだ。

どおん。

地面が揺れて、空が割れるかのような音がした。

音に耳をふさぎ、空を見上げる。長い金の光がしゅるしゅると細い龍になって、昇っていく。

天空で、ぱっとその龍が弾《はじ》けて、大きく開く。

空一面に満開の菊の花が咲きこぼれる。ぱらぱらと音がして、光の花びらがたった一瞬で砕けて散った。

火薬が燃える匂いが風にのって漂ってくる。

真っ暗な夜の空に花が咲く。

はじめての花火だ、と思う。

隣にいるのは彦三郎なのだ、とも思う。

誘われたわけではないけれど、そうなった。春の花見はみんなでわいわい賑やかに過ごし、長命寺の桜餅《さくらもち》を買ってもらって、幸せな夜を過ごしたけれど、夏の花火は彦三郎とふたりきり。

自分の胸の奥でも、なにかが弾ける音がした。胸に広がるこの思いを、恋かどうかは知らないと、見ないふりをしているのもここまでだ。

たまや。かぎや。
どこか遠くで誰かが声をあげていた。

第四章　大きな夢と、はまぐりのつるつる塩そうめん

梅雨が終わり、夏の暑さが本格的なものになる。

入道雲は空にむくむくと膨らんで、木々や道や家屋を日差しがじゅっと白く灼《や》いている。

『なずな』の一日の終わり。

はるは見世棚《みせだな》に残ったおかずを見つめ、嘆息した。

店を閉めて暖簾《のれん》をしまった店内であった。

治兵衛は腕組みをして床几《しょうぎ》に座り、はるは厨《くりや》で立ち尽くし、彦三郎は小上がりであぐらをかいて座り困った顔だ。

見世棚にあるのは、きんぴらごぼう、昆布豆、里芋の煮ころばしと定番の味の皿だ。どれもこれも山盛りに残っている。夏の煮物は翌日にもちこせない。傷んでしまうから、火を入れ直して自分たちで食べ、それでも残ったものは捨てるしかない。

最近、客が来ないのだ。

花見弁当からはじまって、川開きに用意した花火弁当も好評で、熊吉とみちに頼んでぼてふりで弁当売りを頼んでいる。そちらの稼ぎの調子はいいのに『なずな』の客足が落ちている。

「このままだとお弁当屋さんになってしまう。どうしよう」

はるのつぶやきに、治兵衛が「どうしようってこたぁないだろう。どうにかするしかないんだよ」と苦虫を何百も嚙《か》みつぶしたような顔で応じるのだった。

「ここのところ、暑いからなのかしら……」

店が再び閑古鳥《かんこどり》を飼いはじめて、かれこれ半月くらいだろうか。馴染《なじ》みの客と、升田屋さんの船頭たちは顔を出す。けれどそれ以外の客がさっぱりだ。

「暑いと、食欲も失《う》せちまうってのはあるよなあ」

彦三郎がつぶやいて、

「夏だからこそ食べたくなるような涼しいものを出してみましょうか。お蕎麦《そば》を自分で作るのは無理かもしれない。でも、そうめんならなんとかできると思います」

はるが言うと「そうめん。そうめんは旨《うま》いよな。俺も好きだぜ。つるつるっと。こう。のどごしがいい」と彦三郎がぱっと顔を輝かせた。

「だけど、そうめんだけを食べていると、夏に負けてしまうんです。みんなは脂っぽいものを避けるけれど、夏こそ脂を摂ったほうがいいっておとっつぁんが言っていて」

と考えだすはるを、治兵衛がぎろりと睨《にら》みつける。

「よそと同じもんを出せとは、もう、あたしも言わないよ。あんたにも考えがあるんだろうとなんとなくわかってきているからね。でもね、あんまり突飛なもんは、やめときなさい。まずいものなら、出させない」

ぴしりと言われ、はるは「はい」と生真面目《きまじめ》にうなずいた。

翌朝だ。

早くに起きたはるは、朝の支度を調えて、襷《たすき》をかけて、前掛けをして厨に立っている。

「昨日、試しに作ってみた鶏《とり》の脂はどうなっているかしら。それから青梅のつゆも、さっぱりとした味になっているかしら」

そう口にして、竈《かまど》の横にあったうるか壺《つぼ》の蓋《ふた》を取る。

うるかとは鮎《あゆ》の内臓の塩漬けのことだ。その、うるかを保存するために作られた壺を、どうやら『なずな』の元の店主であった直二郎は、調味料を入れるのに愛用していたらしい。

とても使い勝手がよいから、はるも直二郎が使っていたように、味噌《みそ》をはじめとした調味料や梅干しを入れて使っている。鰹《かつお》の塩からも、この壺で作った。

昨日、治兵衛たちが去ったあとに、はるはそのうちのひとつの壺に、鶏の皮をじっくりと熱して出た脂を入れて、置いていた。

蓋を開けてなかを覗《のぞ》き込むと、鶏の脂はしっかりと白く固まっていた。蠟《ろう》のようになっている表面を箸《はし》で少しだけ削り取って、ひと舐《な》めする。

しっかりとした鶏の匂《にお》いと、こってりとした脂の味がする。

「うん」

と、はるは、思わずうなずいた。

「ちょうど欲しかった味がする」

そして、もうひとつの壺にはあくを抜いた青梅を醬油《しょうゆ》と鰹節と煮きった味醂《みりん》とで漬けたものをしまっている。こちらも蓋を開けて、匙《さじ》でつゆを掬《すく》いだし、手のひらに垂らしてひと舐めする。

「こっちも欲しかった味になってるわ」

梅の爽《さわ》やかな酸と香りが染みだして、さっぱりと美味《おい》しいめんつゆだ。

よそと同じものを出したくないわけではないが、自分らしい味には、したい。尖《とが》りすぎていない程度に美味しいもの。青梅のめんつゆは、きっとみんなの舌にあう。夏に負けて、体力を削られている人の喉《のど》もつるつると流し込める味になっている。

「これはこのままで出して大丈夫な味だと思う」

きっと治兵衛も無言でつるつるとそうめんを食べてくれる味だった。

一方、鶏の脂は、青梅とは別に尖った方向に寄せてみた。

はるの料理のいくつかは、鶏の出汁《だし》が鍵になる。特に、竹之内という長崎から来た本草学の学者が気に入ってくれた「さらさら鶏飯《かしわめし》」という一品は、鶏がなければ成り立たない。

『なずな』は鶏の仕入れは容易だが、鶏飯をみんなに美味しく食べてもらうにはいろんな工夫が必要だった。特に鶏は、客が来なくなった現状を考えると、手間をかけて作っても、損得の天秤はとんとんだ。

作っても、あましてしまうことになる。

だからといって、竹之内が鶏飯を求めて『なずな』を訪れてくれたときに「ありません。できません」と言って帰したくない気持ちが、はるには、あった。

「鶏の、出汁の香りや旨味は脂も決め手だから」

はるは、つぶやく。

入手できたときにこうやって皮から脂を取って保存をし「いざ」というときにこの脂を出汁に加え、風味を足してみたらどうだろうと思ったのだ。脂をうるか壺に固めておいたものなら保存が利く。

竹之内が、胸を張って報告に来てくれるらしいというのは、彦三郎に聞いている。どんな報告なのかはわからないけれど、そのお祝いに、口に馴染みのある味で、美味しいものを食べさせたいと思ったのだ。

故郷の味の鶏の味の美味しいもの。

薩摩の味で、江戸の味にもなるようなものを。

「それにこの脂を、出汁にひと垂らし入れたら滋養にもなる」

脂は冷めると白く固まる。日の当たらない暗い場所で保存をし、あと「ひと味」が欲しいときにこの脂を少し足せば、鶏の味とこくが出るはずだ。

自分ひとりで思いついたものだから、はたして上手《うま》くいくかどうか不安である。でも、試してみないと、失敗もないが成功もない。

具材が無駄にならないようにと祈りながら、昆布と鰹節でいつもどおりに作った出汁を漉《こ》し、少しだけ小鍋によそう。

その出汁を煮立てたなかに、鶏の脂を匙ですくって、ひょいと落とす。

熱で溶けた脂が出汁の表面で黄金色の輪を作り、ふつふつと揺れだした。

「こっちも、思っている味にできるといいけど」

小皿に掬って味見をしてみる。

「ちょっと強い」

首を傾《かし》げ、ため息を漏らした。

きちんと鶏の出汁が効いているぶん、なにかが過剰だ。鶏の脂のコクと昆布がうまく混じりあっていないせいで、鶏の匂いが妙に鼻につく。鶏の味に慣れたはるですらそう感じるのだから、普段食べ慣れていない者は、敬遠するに違いない。

昆布が余計だったのか。鰹節だけにしたほうが鶏の脂が引き立つだろうか。

それともまったく別な出汁にしてみるべきか。

「煮干し……それとも……」

いろいろな出汁を、脂の一滴と混ぜようと、思い浮かべる。どんな味。どんな匂い。

どの旨味となら、この鶏の脂が調和するのか。

ふと「こういう突飛な味つけをたまに出すから、また閑古鳥が戻ってきたのだろうか」と、出汁とは別な部分の迷いが心の内側に広がっていった。

この店で兄を待つのだと心に決めていたわりに、客が来なくなると、はるはすぐに惑いだす。

客が来なくなるのに思いあたる理由が、いくつもあるせいだ。

たとえば、はるが、人あしらいが下手だから。笑顔だけは絶やさないように心がけているが、会話が弾むとは言い難い。客になにかを問われても、忙しいときは狼狽《うろた》えて、妙に間延びした返事をしてしまうはるだった。

そういえばてんてこまいになるくらい忙しかった夏の一日、頼まれた品物をすぐに出せずに客を待たせてしまったこともある。あれがいけなかったのかもしれない。夜には猛反省をして、以降、あらためるようにしてきたけれど、たった一日の間違いが、尾を引くことだってあるに違いない。少なくともあのときの客は、もう二度と戻ってこなかった。

至らなかったことならば、枚挙にいとまがない。

気づけば猫背になってうなだれそうになるが、我に返って「もう、そういうのはやめようと思ったのよ。反省はするし、あらためていくけれど、弱気の虫に気持ちを食い荒らされて負けたりしないんだ」と、息を吐く。

「だって竹之内さんの鶏飯だけはいつでも、ふらっと来てくださるときに出せるようにって、してておきたいんだもの」

江戸に負けたくないという彼のために。

はるもまた、江戸と、自分自身に負けたくないとそう思ったから。

気を取り直して、再び、料理に向き合うことにした。

「この脂を使うなら……」

うーんと顎《あご》に指を置き、ひとしきり考える。あんばいのいい出汁がぱっと思いつかない。そうしているあいだに、厨に美味しい匂いの湯気が立つ。

「これにあわせるのは、普段使いのできるもので取れる出汁がいいのよ。煮干しの出汁ならいいかしら。それともいっそ干した野菜だけの甘くて優しい出汁にする？」

野菜の皮や、料理に使ったあとの切れ端を日に干すと、甘みを内側にぎゅっと詰め込んでぐっと美味しくなるのであった。だからあまったくず野菜もすべて捨てずにざるで日に干し、自分のための料理にしたり、それを細かくすり鉢ですりつぶしたものを出汁にして、ひとりぶんのまかないに使っている。

あさりー、しじみヨッ。しじみー、はまぐりヨッ。

熊吉の声が遠くから聞こえてくる。じきに熊吉は『なずな』の前に立つ。

「あっ、そうよ」

はるはぽんと手を打った。

「はまぐりがいいわ。はまぐりの出汁」

貝の出汁と鶏の脂なら互いを引き立てあう、いい味になるに違いない。

「熊ちゃん、おはよう。はまぐりをちょうだいな」

はるは勝手口をからりと引き開けて、熊吉に声をかけた。


青梅のつゆは治兵衛も彦三郎も太鼓判を押す仕上がりであった。

茹《ゆ》でたそうめんを冷たい水で洗ってしめて、梅の香りのめんつゆをくぐらせて食べる。すっきりとした香りがまず食欲を刺激して、舌に残るわずかな酸味が弱った身体《からだ》を元気にしてくれる。しっかりと濃い味の醤油と味醂に、鰹節の出汁が効いている。

飲み込むみたいにそうめんをたぐって食べた治兵衛が、空になった器を見て名残惜しげに「毎日これでもいいくらいだ」とそう言ったくらいである。

さっそく献立絵に『さっぱり青梅そうめん』の絵が描かれて、店内と、店の外にも貼《は》りだされる。

昼に訪れた冬水夫婦は『なずな』の新作をさっそく注文し、つるつると食べて顔を見合わせていた。

「これは美味しいわ。はるさんは、梅使いが上手いんだねえ。そうめんを自分ちで茹でるのはできるから、この梅のおつゆだけ、売ってくれないかしら。ねえ、あんた?」

「うむ」

冬水が深くうなずく。

「ありがとうございます。梅のめんつゆ、お売りできますよ。帰りに持っていきますか?」

「頼むわ」

「できたら、持っていくんじゃあなくて、足を運んで、うちで食べてってもらいたいけどねぇ」

治兵衛がむっつりと横やりを入れる。

勝手に「お売りできますよ」なんて言ってはいけなかったのかもしれない。はるは首をきゅっとすくめて、治兵衛のほうを見た。

「けど、治兵衛さん……あの」

「そのかわりといっちゃあなんだが、別な献立の味見をしてもらってもいいかい。あたしには判断できかねて、迷ってるもんがあるんだ」

治兵衛が言う。

「別の？」

しげが聞き返す。

「はまぐり出汁のにゅうめん。今日の献立には出してない。今朝方、食べて、旨いには旨いが、暑い最中《さなか》に出すもんでもなかろうと下げたんだ。でも、正直、迷っているんだ。あたしなら夏に、にゅうめんなんて出さないが、はるさんは」

治兵衛がはるをちらりと一瞥《いちべつ》し、続ける。

「脂と熱いもんを取ることが、夏に負けない秘訣《ひけつ》だって言うからさ。あたしももとは薬種問屋だ。夏にばてない方法ってのも薬もたんと知ってる。それでまあ、はるさんの言ってることは、一理、ある。さて、どうしようかってね」

今朝、青梅そうめんと一緒に、はまぐりの潮汁《うしおじる》に少しだけ鶏の脂を垂らし、薬味をたっぷり載せたものも、治兵衛たちに食べてもらっていたのである。

が、はまぐりと脂は、そうめんで冷たくして食べるには、少し外連味《けれんみ》が強いようだと、治兵衛が首を縦に振らなかった。

試食をくり返し「あたたかい、にゅうめんなら」ということになったのだ。

しかし、この暑さだ。にゅうめんの献立を出したところで、客を呼べそうにないと治兵衛が判断した。はるも、治兵衛の言うことは、もっとものことだと納得した。

「そうなのかい、はるさん」

しげがはるに向かって問いかけた。

「はい。そうなんです。夏の暑いさなかに熱いものはお嫌かもしれませんが、かえって、火の通ったものを食べることで身体が元気になることもあるんです。もちろん本当に弱ってしまったあとで、そういう食べ方はよくないんでしょうけど、夏に負けて寝込む前にはたんと脂と栄養をとって、身体を冷やさないほうがいいって……」

「それも、はるさんのおとっつぁんが言ってたの？　薬売りだったたんですもんね。治兵衛さんも一理あるって認めてるし、きっと理屈がなにかあるのよね」

しげが、うなずいた。

はるの父の話は馴染みの客たちにはもう浸透している。はるが作る味がどれも父との思い出の味に由来していることもみんな知っているのだ。

しげは小首を傾げ、冬水を見た。

「食べてみようか、あんた？」

「うむ」

うなずく冬水に頭を下げ、それから治兵衛にも頭を下げた。

はるはへっついの前に戻って、はまぐりと潮汁を作る。ぱかりと貝が口を開き、旨味たっぷりの出汁が出る。そのなかにほんのわずかに鶏の脂をぽちりと垂らす。金色の脂が出汁の表面に丸く広がる。同時にそうめんを茹でて、さっと水にくぐらせて、はまぐりのにゅうめんが出来上がる。

滋味のなかにこってりとしたコクがある。

考えて、今回は、薬味は、あえて、削ることにした。

わかめをぱっと散らし、七味唐辛子をさっと振る。

椀《わん》によそったにゅうめんを冬水夫婦の膳《ぜん》に運ぶ。

「召し上がってください」

神妙に告げると、しげが「いい匂いがしてるわねぇ、あんた。はまぐりの潮汁なんだもの、まずいわけはない」と言って箸を取った。

一口、まずつゆを飲み、続いてちゅるんと麵《めん》をすする。

「これは……はるさんの味だわね」

しげが、ふふっと笑って言った。

「わたしの味ですか？」

「元気な味ってこと。酒をたらふく飲んだ、しまいに飲みたい味になっている。はるさんは自分じゃあ酒は飲まないのに、妙に、酒飲みのつぼをつく料理を作るのよ。脂はどうかと思ったのに、飲んでみたら、しつこくないし、むしろ癖になる。ねぇ、あんた？」

「そうだな。七味も旨いが胡椒《こしょう》もいいかもしれないな。胡椒飯というのがあるだろう。あの胡椒飯にこの汁をかけたのをかき込みたい」

胡椒飯は炊きたての米にたんと胡椒をかけて食べるご飯のことである。刺激的な香りと、胡椒の辛味が、身体をほかほかとあたためてくれるからと、寒い日に食べる人が多いらしい。はるも胡椒飯は好きである。胡椒飯に、このはまぐりと鶏の脂の汁をつけて食べるのは、絶対に美味しい。

さすが冬水は、美味しいものに目がないのだ。

冬水は椀のにゅうめんをずずっと一気にかき込んで、ふう、と満足そうにため息を漏らし「これをしまいに食べるために、酒を飲もう」と真顔で告げた。

しげが笑って「あたしはもう満腹だから、酒だけでいいけど、あんたが食べるのを見てるわよ」と返したのであった。

新しい献立を美味しいと言ってもらえて気持ちだけは上がったが、それでも『なずな』のその日の客は冬水夫婦だけだった。

「まあ、だけど弁当だけは、よく売れた」

一日の終わりに治兵衛がそう言った。

しかし、それはひとえに熊吉と、みちの努力の賜《たまもの》だ。

みちと与七は川開きの日に互いの気持ちを通じ合わせたが、それでも、焦《じ》れったくなるようなふたりのままだ。まわりにひやかされては「見せもんじゃないんだよ」と与七が周囲の人を追い払いながらも、みちは、与七に昼と夜、出前をしてくれている。ついでに弁当も売り歩く。

暖簾と行灯《あんどん》看板をしまい、見世棚の皿を眺め、はるは今夜も嘆息する。捨てることに嫌気がさして、品数と量を少なくしたのに、あまっている。

このままでは店が立ちゆかない。はるの胃がぎゅっと痛みだす。こんなふうでは秋のはじまりと共に『なずな』は店を閉めることになるかもしれない。

肩を落とすはるを見て、彦三郎が「暑いなかこもって働いていると、頭んなかがぼんやりするんだ。涼みがてら、麦湯屋にでもいかないか」と言いだした。

「そうだね。たまにはいいかもしれないね。あたしは先に帰るけど」

治兵衛が言う。

「え、俺とはるさんだけで心配じゃあないのかい。治兵衛さん、見張ってくれていいんだぜ」

「おまえさんは、落ち込んでるはるさんにつけこむような男じゃあないからね。彦は、弱ってるもんに、しつこいくらい優しくなるが悪さはしない。そこだけは信頼してるんだ」

彦三郎は、めったになく治兵衛にいいことを言われて、目を白黒させている。

「なぁ、聞いたかい、はるさん。治兵衛さん、俺のことを優しいって言ってたぜ。たまに誉められると、怖ろしい。治兵衛さん、悪いもんでも食ったんじゃねぇか」

「彦っ。飯屋やってるのに、悪いもん食ったんじゃないかってのは禁句だよっ」

「あ、はい。そりゃあそうだ」

しゅんとした彦三郎と拳《こぶし》を振り上げる治兵衛のやり取りに、はるはつい笑ってしまった。笑顔になったら、少しだけ、胃の痛みが遠のいた。

「あたしはあたしで、うちでじっくり商いについて考えてみる。人の流れは変わってないんだ。ということは、ちゃんと客が来ない理由があるはずなんだよ。料理のことはからきしだから、そこは、はるさんにまかせるよ。彦がいるから危ないことはないだろうけど、ふたりとも気をつけな」

じゃあ、と治兵衛は店を出ていった。

「じゃあって言われてもなあ」

と言いながら「じゃあ、いくか」と、彦三郎がはるに笑いかける。

彦三郎はいつもこうだ、とはるが思う。はるの弱っているところにするりと入り込んで、柔らかく、優しくしてくれる。いつもこうで、だから、ずるい。

「はい」

はるは彦三郎と連れ立って店を出た。

夜のそぞろ歩きをする人が大川沿いに多いのは、身体に籠《こ》もった熱を振り払うためだろうか。

生い茂る草が人に踏まれ、土と混じり合った、夏の青い匂いがする。

「夏だなあ」

はるのすぐ隣を歩きながら、彦三郎がそう言った。

「夏ですね」

「麦湯でも飲むか」

麦湯とは、炒《い》った大麦の粉を湯水に溶かしたものである。

蒸して寝苦しい夜、行灯の掲げられた麦湯の屋台の縁台でつかの間の涼を取るのだ。

「はい」

横顔が近くて、胸の奥がかすかに震えた。

いままではるが彦三郎と歩くときは、彼の背中ばかりを見ていることが多かったから、すぐ横に並ばれると、妙に照れくさい。

一杯四文の麦湯を二杯頼む。

麦湯を売るのはたいてい若い娘である。それを楽しみにして、麦湯を買いにくる男の客も多いのだ。

「はい。毎度ありがとうございます。彦さん」

屋台の娘がそう言って、彦三郎に麦湯を渡した。

月明かりで眺める娘の肌が光をまぶしたみたいにつやつやとして綺麗《きれい》だった。

名前を覚えられるくらい通っているのかと思うと、胸の奥がもやもやする。彦三郎はいつも、こうだ。はるが彦三郎を見直して、心を寄り添わせようとすると、途端に、はるの気持ちをやきもきさせるようなことをしてのける。

「毎度って……いつもいらっしゃってるんですか」

つるっと零《こぼ》れた言葉に、狼狽える。嫌みになっていないだろうか。不自然な悋気《りんき》を宿していないだろうか。

「あの娘は物覚えがいいんだよ。二回来たら〝また来てくれたんですね〟で、三回目からは〝毎度〟になる。覚えてくれるのが嬉しくて、またここに来たいって思う客も多いからね」

彦三郎にそう言われ、己の悋気の小さな火がさっと消えた。麦湯屋の屋台は、人がたくさん来るに違いない。そんななかでみんなの顔を覚えて、ひとりひとりに声をかけているなんて客商売の基本ではないか。

「見倣わなくてはならないですね。わたしにはできないことだから」

言いながら、麦湯に口をつける。飲み口が優しい。なにより外で飲むというのが心地よい。河原を走る風が頰《ほお》や足首に吹きつける。ぬるい風でも、なにもないよりは気持ちがいいのだ。

自分が麦湯の屋台をやるとしたら、どうするだろう。

「これで麦湯に薄荷《はっか》を少し混ぜると、すっとするし、涼しい感じになるかもしれないですね」

考えてからそう言うと、

「本当にはるさんは食べることと飲むことで頭がいっぱいなんだねえ」

感心したように彦三郎が首を振った。

少しのあいだふたりで黙って麦湯を飲んでいたら、娘が「そういえば」と声をかけてくる。

「ああ、彦さん。そういえば彦さんがいつ来るかを何回も聞きに来てた娘さんがいたわよ。身なりのいい可愛《かわい》らしいお嬢さんで、いつもばあやさんと一緒で、ばあやさんに買い食いはよくないですよって怒られて……おきくさんって言ったかなあ。彦さんに教えたいことがあったけど、会えないから、ようく伝えてって言付けられた」

「おきくさん？『かづさ屋』のおきくさんかな。俺に会いたいなら『なずな』に来ればいいのに。朝から晩までだいたいあの店にいるんだから」

『かづさ屋』のおきくというと、いつぞやの小間物屋のお嬢さんだ。なにもかもが磨かれたみたいな、綺麗な娘だったと、はるはおきくのことを思い返す。

「その、『なずな』の話だよ。伝言ってのは」

「なんだい？」

「柄の悪い人たちが出入りしているから『なずな』にはいくなって、おっかつぁんに言われたんだとさ。それでいけなくなっちまったらしい」

ひそっと小声で言われて、彦三郎が苦笑した。

「そうかい。俺は、たしかに柄が悪いかもしれな……」

「彦さんじゃあないわよ。あんたは根っからの悪人じゃあないもの。ただの、だらしない男ってだけで」

「だらしない男って」

「そうじゃなくて升田屋の船頭とその知り合いのこと」

麦湯屋の娘がしゃきしゃきと返事をする。

「升田屋さん？」

彦三郎が聞き返す。

「船宿は表の顔で、裏稼業はやくざものだって、教えてもらったわ。升田屋は危ない店で、そんな升田屋の連中が行き付けになった『なずな』も危ないって。それで『なずな』の客も最近減ってきているって聞いてるけど？」

麦湯屋の娘が小声になった。

「彦さん、ここのところ金回りもよくなったじゃあないの。草木を研究しているえらい学者先生が、彦さんのこと気に入ってくださっているって聞いているよ。本当は昼から来てもらいたいのに、彦さんは夜にしかその先生のところに手伝いにいかないんだってね」

「それは……」

「美人絵の依頼も来てるっていうじゃない。彦さんの描く美人絵は、色っぽいんだってねえ。あたしもいつか描いてもらいたいわ。あたしじゃあ、駄目か」

はるは思わず、彦三郎を見てしまった。彦三郎は、ばつの悪い顔をして、明後日《あさって》のほうを向いて、はるから目をそらしている。

「だったらさあ、彦さんも、絵の仕事にいったほうがいい。悪い連中とつきあっているとね、一緒に悪くなるんだって、うちの死んだおっかつぁんが言っていた。彦さん、一回、『なずな』から離れたほうがいいんじゃあないの。ここが彦さんの正念場さ。お上におさめられるような立派な絵の本のお手伝いなら、すごいじゃないか。がんばんなよ。やくざものが集う一膳飯屋の献立絵なんて描《か》いている場合じゃあないよ」

娘は彦三郎を熱心に励ました。

「がんばるけどね。『なずな』の絵も大事なんだ。あそこで絵を描かせてもらってね、絵ってのは楽しいなあって思いださせてくれた、そういう店だから」

「そうなの？」

「それに、升田屋さんのは、眉唾《まゆつば》だなあ。本当か嘘《うそ》かわかりゃあしない。その噂《うわさ》ふれまわったら後で恥をかくかもしれないよ」

彦三郎が真顔で言うと、

「噂ひとつで恥をかくも、かかないも、あるもんか。間違ってたらそんときは〝あんときのあの噂は嘘だったよ〟って笑ってあやまればいいだけじゃない。誰だって、夏の麦湯屋の屋台の若い娘の言うことなんてまともに聞いちゃあいないもん」

と笑い返される。

「聞いてるよ。俺はいつだって、おきみちゃんの言うことをまともに聞いてるさ」

まっすぐに応じる彦三郎に、娘がわずかにたじろいだ。

おきみという名前なのか、と思う。彦三郎は江戸中の若い娘の名前をすべて知っているのではとすら思う。

「それに、はるさんも聞いてる。はるさんは、いま話に出て来た『なずな』のさ」

彦三郎がはるの肩を柔らかく押しだした。はるは慌てて彦三郎の言葉を止める。これではるが『なずな』の人間だとわかると相手も困ってしまうだろう。

「彦三郎さんっ。いいんです。いいんです」

彦三郎は「よかぁないけど」と口ごもってから、はるではなく娘を見やる。

「……もしもおきみちゃんの麦湯屋の屋台で悪い噂が流れてさ、それでお客さんが、よりつかなくなったら、困るだろう。後からあやまってもらったところで、腹が立ったままだし、もしかしたら屋台をもうしめちまってるかもしれない。それに、案外みんな、相手が誰だってまともに話を聞くもんだぜ」

柔らかい話し方で、諭すように言う。彦三郎は、たまにまともな大人の男みたいなことをしてみせるのだ。しかも優しい言い方で伝えるのだ。

おきみははっとした顔になり、彦三郎とはるの顔を交互に見比べた。

「もしかしたら、もしかしてで、そっちの人は『なずな』の人なのかな。さっき、彦さん、言いかけてたもんね。そりゃあ、あたし、たしなめられるわね。ごめんなさい。あやまるよ」

なるほど。たしかに賢い娘さんである。瞬時に人の顔色を読み取って、押し止《とど》めた言葉の先を悟る。

「でも……噂は、噂だ。あたしひとりが流さなくても四方八方まわってるよ。それに、彦さんが学者先生のほうに通ったほうがいいってのは、噂は関係なしで、誰だってそう思うっていう話だよ。だって彦さん、絵師なんだよね。一膳飯屋に毎日通うのになんの意味があるのさ」

片頬だけがきゅっと持ち上がる少し意地の悪い笑い方をして、おきみがはるを見た。

「まあ、彦さんがゆくゆくは一膳飯屋の亭主になるっていうなら、そういうことかもしれないけどさ」

「そんなことはないです」

ぽっと言葉が口を出て、彦三郎が「ほら、即答だ」と小声でつぶやいて麦湯の残りをあおって飲んだ。ちらりと横目で睨むと、彦三郎は笑っている。

こういうところも、彦三郎だ。ここで、彼は、笑うのだった。

「教えていただけて助かりました。うちにお客さんがいらっしゃらない理由がわからなくて頭を抱えていたところなんで、噂のせいなら、理由がわかってすっとしました。わたしの作るご飯が美味しくなくなったのかとか、夏になったからなのかとか、わたしのお客さんとの接し方がまずかったのかとか、途方に暮れてて。それで、彦三郎さんが気持ちを切り替えるのに、夕涼みに出たらどうだいって、ここに誘ってくださったんです。麦湯、美味しかったです。ごちそうさまでした」

麦湯の湯飲みを縁台の盆に置き、はるは立ち上がる。

たぶんはるの顔は強《こわ》ばっていたと思う。言い方も少し堅苦しかったし、丁寧に頭を下げたつもりだが、ぎこちない所作だったのかもしれない。

彦三郎が慌てたようにして、はるを追いかけてくる。

「はるさん」

はるはくるりと振り返り、彦三郎に向き合った。

「彦三郎さんは、しばらく『なずな』に来ないでください。いま、うちは閑古鳥を飼ってて、そんなに人手がいるような店の回り方じゃあないし、わたしと治兵衛さんふたりで充分です」

彦三郎の表情が曇っていく。

「それに……わたし、彦三郎さんの絵、好きだから。絵を描いてくださっているなら、嬉《うれ》しいんです」

ぽつっと零れた最後の言葉だけが彦三郎の頬を緩ませた。

「好きって言ってくれるんだよなあ、はるさんは。最初からずっと俺の絵だけは」

「好きですから」

「……うん」

「彦三郎さんが、人を描いた絵も好きですよ。うちの寅吉兄ちゃんが、彦三郎さんの絵のなかで、話しだしてくれそうに活《い》き活《い》きしてて、あれは泣きそうになったんですもん」

「うん。……いつか、はるさんの絵を描いてもいいかい」

「嫌ですよ。描いていただけるような美人でもないし、風格もないもの。うすっぺらい中味がそのまま描かれて、見てて、残念な気持ちになりそうだから、恥ずかしい。もっとわたしが年相応に大人になって、しゃっきりしたら、そんときには描いてください」

「ときどき、はるさんは、そういうことを言うんだ」

「そういうことって、なんですか」

「俺がもしかしたらすごい天才か秀才なんじゃないかみたいなことを。はるさんの人の中味を俺の絵がきっちり導きだして描けるのが当然みたいな言い方してさ。身が引き締まるし、おっかねぇ。そこまで期待しないでくれよ」

茶化すようにして、彦三郎が頭をかいた。

「期待しますよ。好きだから」

彦三郎の手が止まった。

目が大きく見開かれ「それって」と言ってから「いやいや。まさか」とごまかすような笑いでお茶を濁した。

「俺の絵をそこまで好きって言ってくれるのはありがたいけど、そこまでは」

彦三郎の絵が好きだから。

だけどそれが、彦三郎のことが好きだから、と同じ意味だと、彼は気づこうとしないのである。あるいは、気づいたからこそはぐらかすのか。年上の三十路《みそじ》の男のずるさであった。

そういうところが、と。

はるはまたもや思ったのであった。

彦三郎に『なずな』まで見送られ、別れた。

去り際の彦三郎はいつもと変わらず「気をつけて」だ。あとは二階にあがって眠るだけなのに、どこをどう気をつけろというのだろうと不思議なのだけれど、優しい顔で言われると「はい」とうなずいてしまう、はるである。

もやもやとしたまま夜を明かし、あまり眠れないまま朝になった。

それでも、いつものように店の支度をし、仕入れをして、料理を作る。こういうときこそ気持ちを切り替えないとならないと、握り飯を作って石地蔵を拝み、店や店前の道の掃除はひときわ丁寧にやり遂げた。

問題が山積みで、頭が重い。気持ちが重いのはどうにでも無理に引きずり上げようもあるのだけれど、解決しなければならないことが多くて知恵が必要なときは、気力だけではどうにもならない。なにかいい思いつきはないのだろうか。客を取り戻す方法はないだろうか。升田屋の噂は本当なのだろうか。気をつけるとしたらなにをしたらいいのか。

そして、今日からはるは、治兵衛とふたりで『なずな』を切り盛りしていくのだと思う。

と――。

「なに暗い顔をしてるんだい」

声がして、はるは「いらっしゃいませ」と声をあげた。

「いらっしゃいませじゃあないよ。はるさん。あたしだよ」

最初に入ってきたのは治兵衛である。治兵衛はいつも、表から暖簾をくぐって店にやって来るのだ。

そしてその後ろに続いたのは、彦三郎と、竹之内のふたりであった。

昨夜のことなど忘れたように普通の顔で『なずな』の暖簾をくぐった彦三郎に、はるは、ぽかんと口を開けた。

「彦三郎さん？」

「うん。なんだい」

「なんで来たんですか。今日からは本草学者の岩崎先生のところにいくんじゃあなかったんですか。それか、美人絵を描くんじゃあないんですか」

早口で言い募ったはるに、彦三郎が「うん。そうだけど」と身体を斜めに傾げてみせた。まっすぐに立たずにいれば、人の非難をかわせるとでもいうようにゆらりと揺れて、

「にゅうめんの献立絵を描きそびれたなあっと思ってさ」

にゅうめんなんて、とは言えない。それは、はるにとって大切なものだから。そして、いま彦三郎の後ろにいる竹之内に食べてもらいたいと願って作ったものだから。

献立絵なんて、とも、言えない。彦三郎の絵が好きだから。彦三郎が献立絵のどれもこれもをとても大切に描いてくれていたのを間近で見て、わかっていたから。

「俺の事情はそれとして、大変なときに側《そば》にいて勇気づけられないなんて悔しいじゃあないか。どっちにしたって俺は『なずな』では役立たずなんだから、せめて客を連れてこなくちゃって」

「客を」

はるはおうむ返しにそう言った。

「治兵衛さんはまだ、俺が人を連れてきたら文句を言ってもなかに入れてくれるとして、はるさんは、もしかしたら俺を追い返すかもしれないと思ったから——竹之内さんを連れてきた」

しれっとしてそう言った。

彦三郎はそういうところが、彦三郎すぎるのだとはるはまたもや思う。

昨夜、『なずな』の前で、去っていく彦三郎のことを切ない気持ちで見送った、はるの気持ちを返して欲しい。

「それに、はるさんが作ってた、はまぐりのにゅうめんは、竹之内さんのためのもんじゃないかと思ってさ。みんなのためなら、はまぐりの潮汁を作るだけで事足りる。そこに鶏の脂をわざわざ垂らしたのは、鶏が故郷の味の誰かのためかなって。もちろん、はるさんが美味しいと信じた味ってのもあるんだろうけど」

合っている。

そういうところも彦三郎だ、と、はるは思う。はるの気持ちの行き先を彦三郎はいつだってわかって、ふわふわと受け止めたり、かわしたり、後押しをしたりしてくれる。

「岩崎先生のところで竹之内さんと会ったたっていうのは本当なんだ。それで、昨日、はるさんと別れてすぐに竹之内さんのところに向かってさ。俺たちふたりとも、いまが正念場なのかなって」

正念場なら『なずな』に来ている場合ではないのではなかろうか。

でも。

「今日、朝のうちにここで美味しいものを食べてから、岩崎先生のところにいこうってことになったんだ。それで連れてきたんだよ。竹之内さんも、はるさんの作ってくれた鶏飯を食べたいし、それから、はまぐりのにゅうめんも食べてみたいって言ってくれたから」

彦三郎に申し訳なさそうな顔で言われてしまっては、はるにはもうなにも言えないのだった。

そのさらに後ろで、目鼻立ちがくっきりとして眉の濃い竹之内が、さらに申し訳なさそうな顔で背中を丸めて、

「食べたいとずっと思っていたのは本当なんだ。いまが勝負どころのおいのために、美味しい飯を食べさせてくれないだろうか」

と、そう言った。

食べさせないわけには、いかなかった。

来ようと思っていたんだよと、竹之内はそう言った。

「報告がてらこの店に鶏飯を食べさせてもらいに来ようと思っていたまま、忙しくてなかなか来られなくて」

働くはるに顔を向け、ぽつぽつと近況を語りだす。

「いまのおいは、立派な本を作っている途中なんだ。文政元年にすでにお上に提出してあって、それはそれは誉められて、ぜひとも続きを作るようにとすすめられたっちゅうもう立派な本たい」

本草図譜という本なのだそうだ。

竹之内はきらきらと大きな目を輝かせ、前のめりになって語りだす。

どれだけその本がすばらしく、そして岩崎という学者が博識なのかを。

「本草図譜はこのあとの本草学の礎《いしずえ》になる。間違いない。それで、その礎を作る手伝いを、この竹之内もまかされている」

「すごいじゃないですか」

はるの言葉に「ああ、そうさ」と竹之内が胸を張った。

「ああ。すごいことだ。すごいことなんだよ、はるさん」

岩崎は、竹之内が、故郷からの旅の途中で描いて持参した草木の絵を丁寧に見て、誉めてくれたのだそうだ。

「はるさんは、田舎で、畑を耕していただろうから、わかるだろう。岩崎先生は、えらい人たちだけのための本ではなく、みんなのものを作ろうとしてくれてるんじゃ。眺めるだけの本じゃなかかと。本物そのものの絵と、それからわかりやすい文がある。学者の作るもんだから難しいかと思うだろう？　そうじゃなかかと。岩崎先生が編んでいらっしゃるのは、畑を耕す人たちが、知りたいことを知るための本なんだ。ゆくゆくは広い日本のあちこちの、すべての草木の特徴に育て方を調べぬいて、しるしたいとおっしゃっている。薬としての使い方、食べ方も。種の蒔《ま》き方や苗の作り方も。そういうものもぜんぶ書きたいと」

「種の蒔き方や苗の作り方もですか」

はるは目を見開いて、竹之内を見る。

たしかにそれはすごい本なのかもしれなかった。

教養のための記録ではなく、田畑を耕す人たちが目で見て学びを得られるようなそんな書だ。

「そういうものが一冊でもあると、後の人のためになりますね。親が知らない作物であっても、その書物があれば、自分の畑で作ることができるっていうことですよね」

「ああ、そういうことだ。このすごさ、はるさんだったらわかってくれると思うとった。おいはそんな素晴らしい本に、意見を取り入れてもらえるんだ。おいが調べて、描いてきた野山や、田畑の植物の絵と文を、岩崎先生がそりゃあもう誉めてくださって」

「竹之内さん、そこのくだりは、さっき一回言ってるよ」

彦三郎がこそっと言うと「何度だって言う。何度だって言いたいんじゃ。彦三郎さんだってそうじゃなかとか。おまんの絵を誉めてもろうて喜んでいたとよ」と竹之内が熱弁をふるう。

「そうだけど」

「それもこれも……『なずな』で故郷の鶏飯を食わせてもらったおかげたい」

竹之内がそう言った。

「あんとき江戸に負けなくてよかった。逃げ帰らなくてよかった。あれがあったから、がんばろうと思えたんだ。はるさんにはだから感謝しちょると。おかげで、岩崎先生にも会えたんだ。おいは、ここで、仕事をひとつ成し遂げる。見とってくださいい、はるさん」

「わたしはなにもしてません。がんばったのは竹之内さんご自身です。でも、わたしの作ったものがお力になれたって言っていただけて、嬉しいです」

その言葉を、いま、もらえたことがはるのなによりの励みになる。

はまぐりの出汁に鶏の脂を落とす。出汁と脂の混じった匂いがふわりと漂う。

にゅうめんとわかめに、はまぐりと脂の出汁をそそぐ。

椀に盛って、竹之内の膳に運ぶ。

胡椒と七味の容器も添えて出し「お好みで胡椒か七味か、どちらかを振りかけて食べてください」と言うと、竹之内が「いただきます」と手を合わせてから箸を取った。

竹之内がつゆをすすり、吐息を漏らした。

「……旨い」

続いて、はまぐりの中味を歯でしごいて食べ、目を閉じた。

「染みる」

さらに箸でにゅうめんをたぐり、ずずっとすすった。

しばらく無言で麺を食べていた。竹之内の咀嚼《そしやく》の音だけが店内に響く。まわりはみんな竹之内のことをじっと見守っている。

　半ばまで食べて、竹之内は「はあ」と、大きく息をついた。

「胸のなかにぎゅっと染みる味がする。懐かしくて、おいの知ってる故郷の味とも近しいのに、これは、おいの知ってる味ではない。なんだか……やってやろうっていう気持ちになれる味だ」

「そう……言っていただきたいと願って作ったんです」

　欲しい言葉を言ってもらえた。胸の奥がじわっとあたたかくなった。

「はまぐりの出汁に、鶏の脂を溶かしてます。この出汁で、鶏飯を作ってそこの胡椒をたんとかけて食べたら、竹之内さんの知っている故郷の味でもなく、かといって江戸の見知らぬ味でもない、両方の、好きな味わいが混じりあった、故郷の味で江戸の味の、そんな鶏飯ができるんじゃないかと思ってます。どうでしょう」

「おお。そうかもしれん」

　竹之内が顔を輝かせて、はるを見る。

「それを作ってもらえるか」

「もちろんです」

　はるはいそいそと、白飯を丼によそったのであった。

竹之内は「元気づけられた」と言ってくれた。けれど、本当の意味で元気づけられたのは、むしろ、はるだった。

彦三郎と一緒に並んで店を出ていく背中をはるは頭を下げて見送った。

正念場だと、ふたりはそう言って去っていった。

が、正念場なのは、彦三郎と竹之内だけの話ではない。

はるも、そうだ。

今日から、治兵衛とはるのふたりで『なずな』を切り盛りしなくてはならない。

ふたりが去って、客も訪れない『なずな』の店内で、はるは治兵衛に向き合った。

「治兵衛さん、昨日、彦三郎さんと麦湯屋にいって、升田屋さんの噂を教えてもらったんです」

昨夜の話をかいつまんで伝える。

「升田屋さんは表は船宿ですが、裏に別な稼業をやっていて、俠客《きょうかく》の店だって聞きました。そういう人たちが出入りしているんだから『なずな』も危ない店に違いないって、そんな噂がまわっているそうです」

どうして『なずな』の客足が鈍ったのか。

噂だけがすべてではないのかもしれないが、要因のひとつには違いない。怖い連中が出入りする場所だと聞けば、普通の人は、その店を避ける。一膳飯屋は他にたくさんあるのだから。

治兵衛も升田屋の事情は知らないらしく、難しい顔で腕を組む。

「聞いたことはないけれど」

と首を傾げながらも、すべてを否定はしなかった。

「岡《おか》っ引《ぴ》きの八兵衛が懇意にしている店ってことは、もしかしたらその噂、本当のもんかもしれないね。八兵衛は、あたしたちが見てるときの姿だけがすべてじゃあない。血なまぐさいことも、後ろ暗いことも、やってきた男さ。……とはいえ八兵衛が、はるさんを連れていってもいいと思ったくらいなんだから、そんなにあこぎな店とは思えない。その分、ならず者連中に恨みをかっている船宿ってこともあり得るね」

「…………」

「どっちにしろ、あたしたちだけでどうにかできる噂ではないね」

どうしたものかと治兵衛がうつむいた。

治兵衛が考えあぐねるようなことを、はるがどうにかできるはずもない。

それでも、切り開いていかねば『なずな』は立ちゆかないのである。

竹之内にもらった熱を内側に大事にしまいこむように、はるは、両手で胸を押さえる。弱気の虫は追い出した。どうにか知恵を尽くして、もう一度、店を盛り立てる。そう自分自身に言い聞かせる。

今日もまた、誰も暖簾をくぐらない。

なまぬるい風が吹きつける店のなか、開け放した戸の向こうで、盆提灯《ぼんぢょうちん》売りの声が聞こえてきた。

本書は、ハルキ文庫（時代小説文庫）の書き下ろし作品です。

文小時
庫説代
さ 28-3

思《おも》いの深《ふか》さの花火《はなび》弁当《べんとう》 はるの味《あじ》だより

著者 佐々木禎子《ささきていこ》

2022年11月18日第一刷発行

発行者 角川春樹

発行所 株式会社 角川春樹事務所
〒102-0074 東京都千代田区九段南2-1-30 イタリア文化会館

電話 03(3263)5247[編集] 03(3263)5881[営業]

印刷・製本 中央精版印刷株式会社

フォーマット・デザイン＆シンボルマーク 芦澤泰偉

ISBN978-4-7584-4526-9 C0193

http://www.kadokawaharuki.co.jp/[営業]
fanmail@kadokawaharuki.co.jp[編集] ご意見・ご感想をお寄せください。